代替說再見

一道青春必解的習題

張維中

原點

【序言】

一道青春必解的習題

我們究竟是怎麼長大的呢？青春歲月中，許多的跌跌撞撞，我們僥倖走過了，卻也有許多人失足，無法一起跟過來。是的，我們是長大了，可是當初那些障礙，曾經在心裡留下的傷口，真的都妥善處理好了嗎？或者這些年來，只是無視擱置著罷了，如今其實仍默默地影響成年後的自己，在暗處不時隱隱作痛？

只要活著，就很容易遇見一樁新的可能，可是，對於逝去的過往，我們卻不容易好好說再見。那也許是青春過往中遇見的某個人，某件事；一段關係，一種情緒；甚至是一個不喜歡的自己。我們不願去正視，敷衍帶過，於是堆積成始終沒被解決的習題。

《代替說再見》是我的短篇小說新作加二十年來的精選，紀錄了這一路以來，我的創作軌跡。這些年來，許多讀者和我分享過讀後的感觸。小說人物的可喜或可悲，交疊著讀者們的生命情境，拆解出一個個的青春關鍵字。如今回首，那些都是我們成長中「必解」——必須解決，也必須和解的事。

書中收錄的故事，在氣氛上有兩種極端的對比。有一類小說是節奏輕快的，主人翁帶著正面積極甚至傻氣的口吻，道人情世故；另一類小說則是節奏悠緩的，主人翁帶著無奈卻不失豁達的眼光，看命運多舛。他們皆有一股「順其自然」的性格，跨出決定的第一步以後，命運讓他們遇見什麼，就從那裡再推自己一下，不後悔也不怨懟，轉往下一個方向。

一九九九年春天，我的第一本短篇小說集《501紅標男孩》出版，當時還不知道，有一天，我會向台灣的那個自己，用東京模樣的生活，代替說再見。我對人生其實沒有太多計劃，多半時候也是順其自然。這樣的我，二十年來，畢竟仍是改變了很多。那麼，你，變了多少呢？願這本集子裡的故事，能帶給你青春時易感的悸動。提醒你我，變成大人以後，別成為一個麻木的人。當然，更邀請沒有讀過這些故事的新讀者，希望你們也能從中獲得閱讀的樂趣。

然後，像是書裡的人物，勇於處理好生命中「苦手」的部分，向它們再見，切割出一個新的自己。說不出口的，就微笑擁抱吧，用繼續前行的決定，代替說再見。

二〇一九年中秋，東京都

目次

代替說再見

我就是決定了，快要三十歲的我，下一回戀愛絕對不找年紀小的了。真的。可是，就當我信誓旦旦地立定「戀愛志向」以後，我遇見了林家騏。

說什麼我都再也不交比我年紀小的男朋友了。真的。

一哭二鬧三上吊，就是我交往過的三個小男朋友的最佳寫照。

高三時在補習班認識的A是個高一男生，最討厭小孩子哭叫。每次我們出去約會，周圍只要出現小孩子開始哭吵的時候，即使我和A之前進入了多麼浪漫的互動中，他都會分心，脾氣忽然變成極為暴躁，不停碎碎念，什麼父母沒家教啊，什麼國家教育失敗啊的長篇大論全都出爐了。我雖然也難以忍受愛哭叫的小孩子，但對一個只因為小孩哭叫就身心失控的男孩更無法忍耐。

大學一年級時，我認識了正在念高三的B。B本身一點都不吵鬧，可是卻喜歡呼朋引伴。明明應該是小倆口獨處的時刻，他總有理由從手機電話簿中call來一堆足以鬧翻天的朋友殺時間。他害怕安靜，喜歡吵鬧，我為了我的耳膜著想，只好安靜地離開。至於第三個男朋友C，我們是在網路聊天室認識的。那年我大四，他大二。有了前兩次的例子，我決定這次先展開柏拉圖式的精神戀愛。後來我們終於還是見面了，我才發現他是個愛「上吊」的男生。沒錯，他是在聊天室上跟我談過他固定上健身房，可我沒想到他狂愛重量訓練，每天都要吊在各種器材上鍛鍊肌肉，兩隻手臂簡直快比我的小腿還粗了。別說我只注重外表，而是我並非那種喜歡讀卡夫卡小說的男生。我可不想某天早晨醒來時，發現身旁的男友蛻變成米其林輪胎人，一個翻身就壓扁我。

和年紀比我大的交往，難道就會好一點嗎？不見得。不過有試總比沒試好，試了方知哪種好。我就是決定了，快要三十歲的我，下一回戀愛絕對不找年紀小的了。真的。

可是，就當我信誓旦旦地立定「戀愛志向」以後，我遇見了林家騏。

❄

認識林家騏是在兩個星期前。

那天，他進來公司的時候，很是狼狽。

他的手上抱著一個裝著電腦的大紙箱，只能倒退著走，用身背推開玻璃門。他轉過身，不過因為紙箱實在太大，把他整張臉都遮住了，他看不見前方，撞到門邊的傘架，整個人重心不穩的差點摔倒。

櫃台的總機小姐正在講電話，見狀，當下的反應只是拿著話筒尖叫一聲。正經過櫃台後方的我趕緊衝到男孩的面前，將他手上的紙箱給扶住。

兩個人捧著紙箱的兩端，把箱子緩緩放下的時候，才看清楚彼此的臉。

他的表情緊繃，眉毛皺成了八字眉，很嚴肅的模樣。不過，他其實是那種就算是正經八百起來也難脫稚氣的大學生。

「你們公司的維修站怎麼在那麼奇怪又偏遠的地方？」他抱怨。

這間電腦維修站確實處在很奇怪的位置。它在台北南區的舊街裡，這條老街全是販賣布料、中藥和南北雜貨的地方，一般人絕對很難聯想在這麼老舊的店舖街道中，竟會夾著一間高科技的電腦公司。

「其實你可以將電腦送到市中心的銷售點，我們每天都會有專員去取件，顧客不用親自跑來維修站。」我解釋。

「我就是把電腦送去那裡，結果今天打電話詢問的時候，才知道電腦放了兩天，小姐根本忘記幫我送修！我自己送來還比較快。」他氣呼呼地說。

「你是今天早上打電話過來的林家騏先生？」我問。

「你是曾先生？」

我點頭。他原本緊繃的神情忽地舒緩下來，不再那麼充滿攻擊性。

「真是不好意思，讓你親自跑一趟。」我道歉。

林家騏的電腦機種是一體成形的桌上型電腦，兩天前用到一半就莫名其妙壞了，整個螢幕畫面呈現扭曲狀，接著重新開機以後整台機器就死當了。

他心急如焚地將電腦拿到賣場，小姐答應他會馬上送修，但兩天後林家騏打電話詢問維修進度，賣場小姐竟然吞吞吐吐地告訴他，說這兩天維修站沒有派人來取件，明天一定會送出去。他掛去電話之後愈想愈怪，後來決定直接打電話到維修站詢問。其實電話通常都應該是櫃台總機接的，不過他說，他要找工程部人員問相關問題，電話才轉接到我的手上。

「奇怪，我們維修站這兩天都有派人取件，而賣場小姐並沒有把你的電腦交給送貨的專員。」我聽了他氣憤地敘述完整件事情後，滿是疑問。

「難道那個小姐欺騙我？」

「我替你查詢看看，好嗎？請你留下姓名和電話。」

我打電話去賣場詢問，結果才知道賣場小姐真的出了狀況。原來，小姐是個新手，不太進入工作狀況，她把林家騏的電腦給遺落在角落裡，維修單也混在一堆文件中，完全忘記這件事情。

我打電話告訴林家騏，向他道歉。

「我自己去拿，然後送過去。」他堅持地說：「請問送過去之後，我可以找你嗎？我想確定哪個人能夠負責比較好，我急著要用電腦。」

「你就找我吧！我叫曾翰安。」

重度使用電腦的人，只要電腦一壞了，都會六神無主，比自己生病還來得嚴重。電話中的林家騏整個人情緒七上八下的，很難感覺出他究竟是一個怎麼樣的男生。直到他跌跌撞撞地把電腦抱進公司時，我才知道他是個不折不扣的大男孩。我的意思是，他是那種年紀比我小的男生，雖然已經是個大學生了，但仍有著一副孩子氣的臉龐，更接近於一個靦腆的高中生的模樣。當然，我的另外一層意思就是，他是屬於我此刻必須要避免交往的那種男生。

他確定我就是早上跟他通電話的工程師之後，神色不再那麼慌亂。放鬆下來的他，忽然就像是個怕痛的，等待看牙醫的小男孩，滿臉無奈。

「我們先把電腦打開來檢測，看看到底出了什麼狀況。」我說。

「拜託了，謝謝。」他皺著眉說。

電腦檢測完畢之後，我走到櫃台外。林家騏原本正襟危坐，一見到我，立刻站起來，又期待又怕受傷害地問：「現在怎麼樣了？」

我忍著不笑出來，回答他：「需要在加護病房插管，觀察一段時間。」

「你在說什麼？」

「對不起。我覺得你好像在病房外等候的家屬。」

「我的電腦是生病了沒錯。我只會用它來設計，哪知道怎麼修它。只有你們才知道怎麼修理，你就是它的主治醫師，你得幫我快點治好它才行。」

「我知道。」看他又開始緊張了，我不敢再開玩笑，說：「可能是主機板有問題，我們會幫你向原廠申請零件來更換。」

「所以今天不能修好？」他沮喪地問。

我搖搖頭。他兩眼無神地說：「我的圖稿都在裡面，完蛋了。」

「沒有備份起來嗎？」

「有啊，只是習慣用自己的電腦作圖了。唉，總之電腦壞掉，就覺得生活失去平衡。很煩的。」

「我明白。我會盡量快點幫你申請到零件的。」

林家騏落寞地離開，連再見都沒有說。我想他是真的很絕望吧。

五天以後，他的電腦零件總算從國外的原廠寄達維修站。零件更換完成以後，電腦恢復了原先的機能。我通知林家騏，告訴他電腦好了，希望他可以親自來一趟檢查一遍，沒有問題再取件回去。

他來了以後很專注地將電腦徹頭徹尾檢查一遍。

「希望不會再有問題了。」他沒安全感地說道。

「電腦是耗材，總會漸漸老舊而失靈的。」我說。

「我知道，什麼事情都是這樣的。」

他忽然冒出那麼成熟的一句話，讓我不知道該如何回應。這個不到二十歲的男生，頭腦在想些什麼？不到三秒鐘，他又恢復了靦腆男孩的招牌表情，對我釋放出一個溫暖的微笑。

「真的謝謝你的幫忙！」他說。

我得承認，當我看見他的笑容時，體內的血液猛然加速流動起來。我告訴自己清醒一點，因為我下定決心不和年紀小的男孩交往了。

他抱起笨重的電腦紙箱，搖晃地準備離開。我見他笨拙的模樣，趕緊上前幫忙搬抬，然後把玻璃門給推開。

「需不需要幫你叫計程車？這裡不容易叫到車。」我關切地問。

「我走到街口攔車就行。」

「好吧，那就再見了。」

「不要再見。」他說。

我錯愕他的回應，沉默不語。

「有哪個病人希望在醫院再見到醫生呢？如果我再見到你，就代表我的電腦又壞了。」他解釋。

「說得也是。」我點頭。

不知道為什麼，當他說最好不要再見的時候，我居然有些悵然若失。所幸我的理智立刻提醒我，馬上跳脫這種耽溺的氛圍裡。

❄

一個星期之後，我下班時來到摩斯漢堡吃晚餐，竟然遇見林家騏。

他原來是在這間摩斯打工的店員。本來就是稚氣的臉龐，穿起摩斯的制服，頭上綁了一塊方巾，顯得更加青春洋溢。輪到我點餐時，我向他點頭微笑，他見到我，只是職業化地笑了笑，似乎並沒有顯露太驚訝的模樣。

過了一會兒，換下制服的他忽然拿了塊炸雞坐到我旁邊吃起來。我困惑地看了看他，他傻笑起來，然後又繼續低頭吃晚餐。他什麼話也沒說，而我也沒有打算開口，只是偶爾會偷瞄他那張純真的臉。

「我的電腦一切都正常運作中。」他忽然主動開口。

「喔，那很好。」我回答。

語畢，彼此安靜地繼續吃著自己的晚餐。氣氛有些尷尬，我隨便找個話題開口問他：「對了，你是學畫畫的？」

「平面設計。」

「請問那張海報的名稱是什麼？天空中飄著一朵心形的白雲，地上的綠草倒影出甜蜜的微笑，很有意境。」我稱讚他的作品。

他忽地睜大眼睛瞪著我。

「我說錯了什麼嗎？」我緊張地問。

「你偷看我的電腦資料？」他口氣轉惡。

我尷尬地喝了口飲料，急忙辯解道：「不好意思。換好零件以後，我想測試一下，所以開了幾個圖檔試試看。」

「那不是你該看的！」他提高音量指責我。

「真的很抱歉。」我窘迫地道歉。

怎料，林家騏東西都還沒吃完，便氣呼呼地站起身來，掉頭就走。

我被他突如其來的反應給嚇了一大跳。

林家騏兩次不說再見的道別方式，都令我不敢領教。

回家的路上，我想著剛剛發生的事情，愈想愈氣。我雖然打開了他的電腦檔案，但純粹只是為了修好他的電腦，他沒必要對我發脾氣。

兩天後，同事約吃晚餐，有人提議去摩斯漢堡。我想到林家騏，於是率先反對，可惜最後寡不敵眾。

進了摩斯，我見到林家騏在收銀台，明明他那裡是最少人排的，但我偏偏選擇了人多的隊伍，同事都覺得我奇怪。

我看也不看林家騏一眼，但坦白說，卻又很想知道他對於我不理睬他，臉上究竟有著什麼樣的神情。

上洗手間的時候，我站在小便斗前，發覺有個人影在身後晃動。

我轉過頭來，看見林家騏正拿著拖把對我傻笑。

他露出靦腆而憨厚的笑容，那種可愛男孩的招牌表情，讓我突然間心跳加快。

我趕緊轉回頭，不看他，可是他的拖把始終在我的腳邊來回地挪來挪去，令我很不自在。

「你怎麼尿那麼久？」他忽然開口問。

我漲紅著臉說：「你這樣我很難上廁所。」

「沒辦法，這是我的工作。上面規定我要趕快打掃完畢。」

「上面沒有規定你要對正在尿尿的客人微笑吧？」

「的確不該微笑，應該要哭。哭的時候可能比較利尿，因為有水聲。」

「你不要逗我行嗎？我要專心上廁所。」

「使用者付費。你看了我的圖，應該付出代價。」

「你一定要趁現在說這件事情嗎？」我不可置信地向他抗議：「我無心打開你的

檔案，為的是想幫你修好電腦耶！」

「那不是你份內應該做的工作嗎？可是一個專業的電腦工程師，不應該擅自開啟客戶電腦中的檔案。你想私下解決，還是讓我跟你的上司溝通？」

我嘆了口氣，說：「你想理賠多少錢？不過我先告訴你，這種事情，並沒有什麼明文條例的賠償方式，所以請你不要敲我竹槓。」

我覺得自己有被金光黨拐騙的感覺。

搞什麼鬼，電腦壞的時候一副可憐兮兮的樣子，我盡全力幫他的忙，結果現在電腦修好了就判若兩人，居然想要反咬我一口。

「我才不要錢。」他說：「我要你陪我去看台北電腦展。」

「電腦展？」我訝異他的要求，比我想像中簡單太多。

「我想買無線網路基地台、事務機還有掃描器。可是，我搞不清楚哪些機型相容於我的電腦。你很了解我的電腦，所以請你陪我一起去買。」

「電腦展期間，我也會被公司派去顧攤位。」我說。

「總有輪班的時候吧？你告訴我你休息的時間，我去展場找你。」

我沉默著，猶豫是否應該答應他。他見我沒有反應，又用拖把戳我的腳跟。這時候，我才驚覺我還站在小便斗前。

「你怎麼尿這麼久？年紀大了喲！」

他變本加厲剛剛說過的話。我尷尬著還是沒說話。

「你到底答不答應？」他問。

我聽見廁所外面同事呼喚我的名字，他們準備要走了。最後，在這種情況之下，為了我的「方便」著想，我只好答應了他。

答應他之後，我後悔了一整晚。我擔心林家麒對我產生好感，可是我已經承諾自己不跟這樣年紀的男孩交往了。為了彼此著想，我決定陪他買電腦產品的那一天，必須要冷漠一點才行，別給雙方太多幻想的空間。

❄

林家騏跟我約了在世貿電腦展的展場見面，把他想要購買的東西全都買齊了。關於電腦，他有很多不懂的地方，我立刻替他解釋和解決。他似乎覺得我很厲害，不過，電腦產品本來就是我的工作內容，我一點也不覺得困難。

「好了，我完成了賠罪。你走吧。」我故作冷淡地說。

「叫我走？你今天的熱情，全被這句冷漠的話給毀了。」他抱怨。

「我不能跟你說再見，免得害你下次又抱著電腦來維修。」

「好吧。謝謝你今天陪我來電腦展，希望下次還能跟你約會。」

我急忙辯解：「今天不是約會！我只是履行了賠償你的承諾。」

「少來了！就承認是約會，也不會怎麼樣吧？其實，你根本也想和我見面的啦。」他笑起來說：「如果你一點都不想跟我出來，你可以拒絕到底的，我也拿你沒輒，不是嗎？總不能報警抓你吧？」

他真是得了便宜還賣乖。

我還是沒跟他說再見就準備轉身離開了。

「喂！我想和你交往下去！」

他在我身後冒出一句話。

我停住腳步，佇立著，詫異至極。

他繼續開口說：「你上次不是問我，那張我設計的海報的名稱？我現在告訴你，那張海報的標題是『我想和你交往下去』。」

原來如此。原來只是海報的標題而已。

可是，我方才已經加速的心跳，一時之間卻尚未平息。

「我覺得這個標題不大合適。」我轉回身看著他說。

「那麼應該叫做什麼？」他問我。

我想了想，說：「應該叫做『想念的影子』。天上的雲在想念著另一朵雲，於是想成了一顆心的形狀。可是，這思念是甜蜜的，所以倒映在草地上的影子就成了一抹燦爛的微笑。」

「我的創作理念是天上的白雲和地上的綠草相戀了，雖然他們永遠不可能貼合，但仍希望繼續一直在這樣不遠不近的陪伴中，一直交往下去。」他說。

「其實他們是可以貼合的。當白雲變成雨滴的時候，他們就貼合了。」

他搖搖頭說：「你這麼解釋，實在太悲傷了。我不希望有人哭泣。」

「我說的有道理，你說的也有道理。」我說。

「你是什麼調解委員會的主席嗎？」

我們兩個忍不住一起笑出聲來。他露出招牌的笑容，聳聳肩說：

「不過，都不重要了。因為已經沒了。」

「什麼意思？」

「前兩天我不小心把圖檔給刪掉了。而且，我發現我其實沒有備份到那張海報的設計檔。」

「是嗎？真可惜。」

我表面上顯得遺憾，但心底卻是竊喜的。因為，當初我替林家騏維修電腦的時候，擔心會把他的資料給破壞了，所以為了安全起見，我其實有將他電腦當中的資料全部備份到另外一顆硬碟當中。那些資料，至今我還留著。

隔幾天，我從那些備份資料當中，找出林家騏失去的那個海報圖檔，燒成了一片光碟，準備在下班的時候拿去摩斯漢堡給他。

我在電腦中再次開啟那個圖檔，螢幕上躍然而出一個視窗，美麗的海報彷彿忽然帶我離開了煩悶的辦公室，呼吸到藍天綠地的自然氣息。可是，除了藍天綠地之外，這張海報吸引我的總還有些其他的吧？我注視著心形的白雲，微笑的綠地，霎時間也想到林家騏臉上燦爛而靦腆的笑容，還有那一天，我和他你來我往地討論著海報的標題。

林家騏和我交往過的「一哭二鬧三上吊」不大相同。他雖然年紀小，脾氣也有點倔強，不過，算是個有思想的男孩子。大約跟他喜歡藝術領域的興趣有關吧，相較於我相處過的小男朋友，他不令人感覺膚淺。

可是，即使林家騏對我有意思，我仍然不該跟他交往的。他有太多部份是我所不認識的了，一旦深交以後，肯定問題又會接踵而來。

不再多想了。下班之後，我帶著光碟片去摩斯漢堡，我告訴自己，這只是個非常單純的行為。林家騏已經下班了，但是很幸運的，他還沒離開。他見到我來找他，顯得意外。我把那張光碟交給他，告訴他裡面有他那張海報的圖檔，他更加驚喜。

「你真有誠意。」他展開笑靨。

「還好。不過，應該比你多一點。」我揶揄他。

「那天跟你約會感覺很不錯，希望還有機會。」

「跟你說了那不是約會。我想告訴你……」

我的話突然被一個喚林家騏姓名的人給打斷了。是一個跟林家騏差不多年紀的男生喚他。他走過來，看見我跟林家騏面對面，表情木然。

「他是幫我修好的電腦工程師。」林家騏向那個男生介紹我，然後，那個男生主動地對我說：「我是林家麒的男朋友。」

林家麒看了他一眼，不語。我和林家麒的男朋友互相點頭致意。

「可以走了嗎？」林家騏的男朋友問他。

林家騏欲走還留，看了看我，問：「你剛剛要說什麼還沒說完？」

「喔，沒什麼。」我說謊。

我目送他們離開摩斯漢堡。林家麒走在他的男朋友身旁，忽然轉過身來，對著我將手上的那張光碟在半空中晃了晃。我看見他的嘴形說謝謝。我勉強笑起來，向他揮揮手。

這一次道別，我們還是沒有說出再見。

剛剛沒說完的話，其實是想告訴林家騏：「不好意思，我現在不打算跟比自己年輕小的男孩子交往。」可是，他根本是有男朋友的啊。那些關於什麼約會的話，不過只是跟我開開玩笑罷了，我竟然這麼認真地思考，甚至還想告訴他我自己的情感狀況。我覺得自己真蠢。

果然比自己年輕小的男生，真不應該考慮交往。像是林家騏這樣子喜歡搞曖昧的小男生，其實多得很吧。這些小男生實在太輕浮了！

這天晚上，我大概為了平撫自己的情緒，只好把所有的問題都推給林家騏。雖然，我心底知道不完全是他的問題，但唯有如此才能讓我好過一點，並且讓我的「戀愛志向」更加正名化，不會覺得自己做了錯誤的決定。

第二天，我準備下班的時候，手機忽然響起。

一個陌生的號碼。我接聽以後，發現竟然是林家麒。

我口氣不是很好地問他：「你怎麼有我的手機號碼？」

他被我嚇到，緩緩地回答：「你的名片上不是有嗎？」

是啊，我的手機號碼本來就印在名片上的。我在神經緊張些什麼？

「有什麼事情嗎？」我公事公辦地問他。

「上次買的掃描器，有一張隨附的軟體光碟說明書，是英文的，我看不太懂。你能夠幫我看一看嗎？我在摩斯漢堡等你。」

我沒有說話。

「拜託你。我周圍認識的朋友，沒有其他人買這款機型。」他央求。

看他實在可憐，我答應了他。

抵達摩斯漢堡時，看見他正在吃海洋珍珠堡。我其實也想吃海洋珍珠堡的，不過，為了避免跟他吃的相同，我只好點了蜜汁烤雞堡。他見到我，開朗地笑著，但是我的臉上卻刻意不帶任何和善的表情。我坐到他的旁邊，一本正經地問：「說明書呢？」

「沒有說明書。」

「你要我？」我生氣。

「我有東西要給你。如果我不那麼說，你才不會來。」

他從背包拿出一張捲起來的大海報。

「給你的。那張你喜歡的海報。」他說。

我打開來，是那張他原本遺失了檔案的海報。

「我去做了大圖輸出，一張送給你吧。算是你上次跟我約會的答禮囉！對了，你還記得海報的名稱嗎？我想和你交往下去。你知道嗎？其實……」

「好了！不要再故意搞曖昧了。」

我想起上回看見他的男朋友，不知道怎麼了，心中燃起一把火，打斷他的話。

「你約我出去，在廁所挑逗我，對我說一堆想和我約會的事情，然後，又故意在我面前說這幅海報的名稱叫什麼『想交往下去』。結果呢？你根本就有男朋友的。你已經有男朋友了，你還喜歡玩這種曖昧的遊戲，難道不會覺得這樣子太過分了嗎？不是每個人都跟你一樣隨便的。我昨天要跟你說但是沒說完的話，就是我不想跟你這種年紀的輕浮小男生交往。」

他錯愕地看著我。我見到他的表情，也驚訝自己說出了重話。

空氣凝結。半晌，我試圖緩和彼此的情緒，開口問他：

「你剛剛沒說完的話是什麼？」

「沒什麼。」他情緒低落地搖搖頭。

我沒有收下林家麒的那張海報。

還是一樣，連再見也沒說，我們告別了彼此。只是，這一次告別，我和林家麒再也沒有見面了。

❄

林家麒沒有再打電話給我。有幾次，我故意繞道去摩斯漢堡，卻從來沒再見到他當班。我想他已經離職了。

這半年來，我認識了幾個年紀與我相當的，或者比我大一點的人，不過，始終沒有正式的戀情交往。只有一個聯絡得比較頻繁的，稍微有共通話題的朋友，但至今也只是「友達以上，戀人未滿」，並不算是「準情侶」的關係。

七夕情人節當日，我和這個不算情侶的朋友共進情人節晚餐。還不到赴約的時間，我先去了誠品買書。經過書店二樓電梯前的穿堂時，赫然有一張熟悉的圖像闖進視線。

林家麒設計的那張海報被展示出來。那張海報得到了情人節卡片設計比賽的冠軍，還被製作成情人節卡片販售。我很驚喜，但是一點也不感到訝異，因為，他的作品確實值得獲得這項殊榮。當初沒有收下他送給我的海報，否則現在就洛陽紙貴了，上面還有設計師的親筆簽名呢。

我在現場買下了一張他的卡片作為紀念。翻過來看的時候，竟發現這幅設計稿的名稱叫做「想念的影子」。我當場忍不住笑出聲來。

「先生，我們這裡有意見箱，歡迎你給設計者一些批評或鼓勵。」

書店的員工指著旁邊的長桌子說道。長桌子上面擺放了五個塑膠箱，每一個箱子上面都貼著一個名字，正是五位得獎設計者的姓名。

我拿起問卷，填寫好準備投進「林家麒」的那個箱子時，停住了動作。

我把問卷翻過來，在背面寫上：「使用者付費！用了我的標題，要付出代價！」然後，才把問卷投進了箱子裡。

我沒有在問卷上填寫真名，也沒有留下聯絡方式，倘若林家騏沒有注意到問卷背面的話，大概也不會知道我來看過他的作品展。或者，他看到了，可是已經忘記了這句話的前因後果吧。

沒想到，幾個星期以後，林家騏竟然出現在我的公司裡。

這天下午，我從茶水間走出來，經過大門的櫃台時，竟看見林家騏又捧著裝電腦的大紙箱，搖搖擺擺地用身背推開玻璃門進來。和上次的狀況相同，他狼狽得差點摔倒，我趕緊上前扶住他。

他看見我，臉上一點也不驚喜，只是苦著臉說：「電腦又壞了。」

「我幫你檢測看看。」我盡量維持平穩的語調。

「你們公司的維修站真的在很不方便的地方。」他說。

「不好意思，你可以送到市中心的銷售點就好了。」

「我知道，你以前說過了。」

「我記得你也問過。」我回答。

我把電腦搬抬進去檢測。可是，無論我和同事如何檢測，都看不出電腦有什麼問題。我回櫃台前困惑地問林家騏：

「電腦很好，看不出有什麼壞的？」

「是嗎？剛剛整個螢幕都是黑的，沒有畫面。」他說。

「我們開機了幾次，全都正常。」

「難道只是一時的當機？我應該試著自己重新開機的，我想，我是太緊張了。」

他尷尬地笑著。

最後，我只好把電腦抬出來還給他。因為實在檢測不出有什麼問題，他也只好再把電腦搬回家了。臨別之際，我聳聳肩說：

「你不喜歡在這種地方說再見，所以我也只能跟你說，請慢走了。」

他點頭，欲言又止，接著捧著電腦準備離開。

他走出大門以後突然停住腳步。他把電腦放下來，轉過身子面對我。我奇怪他想跟我說什麼，於是，我推開玻璃門走出去。

「使用者付費。我用了你的創意，有機會請你吃飯作為補償。」他說。

「原來你看見了問卷？真的很恭喜你得獎了。」

「你記得我本來送你海報的那一天，你打斷了我沒說完的話嗎？」

「好像有這麼一回事。」

其實我記得很清楚。那一天，我也跟他說了前一天被他男朋友打斷的話。我告訴他，我不想跟像他這種年紀小的輕浮男生交往。

「我想跟你說的是，其實你在摩斯漢堡看見我和我男朋友的那一晚，我們分手了。我送你海報，正想跟你表白時，沒想到你說了那些話。」

「對不起。」我忽然很難過。

「這張海報最初是準備送給我男朋友的。可是，他是個自私的人，只在乎別人對他的讚美，只在乎我是屬於他的這種從屬關係的感覺，從來不算真正關心我。別說他懶得陪我去買電腦或逛街了，他從不肯定我在設計上的才能，我告訴他我設計了一張海報送他，他很敷衍，拖了很久都沒打算想看一看。沒想到，最後變成你是第一個看到的人。」

「所以你才那麼生氣？」我問。

「其實我不是生你的氣，我是生他跟我之間的氣。」

彼此沉默了幾秒鐘，他開口問我：「你現在還是堅守不跟年紀比自己輕的男生交往？那麼有認識合適的對象了吧？」

我乾笑起來：「有一個正準備交往的對象。」

「那還不錯啊，」他露出招牌的陽光笑容：「我也交了新的男朋友，是個美國人。說不定以後會跟他一起搬去美國。」

我佯裝笑意恭喜他，其實心裡很悵然。

「忌諱在這裡說再見，那麼有什麼可以代替說再見的嗎？」我問他。

他忽然很用力地搥了一下我的左胸口。

我震懾他的舉動。

「電腦維修站可以開在這麼奇怪的地方，其實很多以為不可能的事情也都是有可能的吧。」

他沒頭沒腦地冒出這句話來，讓我很困惑。

他抬起電腦轉身離開了。我還震撼在方才他給了我一搥的情境中，並且還沒搞清楚他為什麼拋出那句話。

看著他遠走，昏暮的陽光把他的背影拉長在老街道的石磚路上。

我忽然覺得，今後這條石磚路必然還會倒映出許多來往者的影子，但是屬於林家騏的背影在今天消失以後，是不可能重現了。

難道我真的只因為之前的遇人不淑，然後立定了一個奇怪的「戀愛志向」以後，就斬斷一切可能嗎？很多以為不可能的事情也都是有可能的。

我衝上前去喚住林家騏。

他招了一台計程車，車子停下來，他放下手中的電腦，正準備開門上車。聽見我喚他，他轉身看見我。這時候，我才真正意識到我竟然衝上前來找他了。氣喘吁吁的我，腦筋頓時一片空白。

我們兩個人站在計程車旁。司機打開車窗，問我們要不要上車，林家騏請司機稍微等一等。情勢有些慌亂，我只好隨便找了個話題開口：

「你剛剛為什麼要用力搥我？」

「搥你一下，代替說再見。」他聳聳肩。

「少年人！要上車快啊！」操著閩南語的司機催促著。

「請原諒我，我剛剛騙你的。我提到的那個人，其實並不準備跟他交往。我不喜歡他。」我急忙地向林家騏坦承，更接近於一種告解。

「我也是騙你的。我沒有認識什麼美國的男朋友。我英文很爛，原文的說明書都要請你來幫我了，我怎麼能跟外國人交往呢？還有……」他說。

「還有？」我好奇。

「我的電腦根本沒壞。」

「啊？」

「看見你留給我的問卷之後，我想跟你聯絡。可是，我的手機之前搞丟了，也找不到你的名片，只能親自來這裡找你。不過，沒什麼理由突然跑來找你，實在奇怪，所以只好把電腦搬來。」

我笑出來：「你怎麼那麼傻？」

他傻笑起來，一副很天真的表情。

計程車司機撂下話來：「不上車，我要走啦！」

林家騏於是打開車門，把裝電腦的大紙箱塞進後座椅子上。然後，他拿出手機，請我給他我的電話號碼。我也拿出手機，輸入了他新的電話號碼。

我告訴他，我會跟他再聯絡。他點頭，轉身準備進到車子裡。

「等一等。」

我說，他回頭，我輕輕地吻了他。

他顯得很詫異。臉上沒有露出招牌的笑容，反而眼眶有些泛紅。

「這是我的代替說再見。」我說。

「你真大膽，不怕司機看到？」

「我吻你的時候，他只顧著跟檳榔接吻。」我打趣。

他笑起來，然後坐進計程車裡。

我目送車子遠走，消失在視線裡的時候，手機傳來一封簡訊。

我打開簡訊，是林家騏傳來的。他寫著，謝謝我代替說再見的方式，相較於他重重搥了我一下，實在溫柔太多。

我閱讀了好幾次他的簡訊，按下回覆的按鈕。我準備寫給他，這輩子曾經有一秒鐘的心跳，是伴隨著他的力量下跳動著，而那將是永遠都不可能回頭去替代的剎那。

可是，才剛剛輸入了第一個字，我決定放棄了。

我打開手機的通訊錄，找出林家騏的手機號碼，直接按下了撥號鍵。

就在電話接通的那個瞬間，我抬頭看著天空，竟然神奇地發現有一朵白雲正緩緩地變成一顆心的形狀。

帶著水母去流浪

後來，我終於有一點點感覺到所謂的孤獨了。每天清晨，我不會在街角的7-eleven再看見阿寬，捧著一大杯雪碧和大亨堡當早餐，睡眼惺忪地向我說早安。

後來，我終於有一點點感覺到所謂的孤獨了。

每天清晨，我不會在街角的7-eleven再看見阿寬，捧著一大杯雪碧和大亨堡當早餐，睡眼惺忪地向我說早安。放學時，總覺得一個人的身旁空盪盪的，似乎應該有阿寬陪著，一起走在長長的紅磚道上，經過我們剛畢業不到半年的國小，嘻嘻哈哈地去那間愈補愈大洞的數學家教班上課。偶爾，我們會一起去看電影，會去西門町參加梁詠琪或古巨基的簽名會。如果，他們剛好來台北，我的意思是。

但現在，阿寬不會再出現了。這些，都隨著他一起不見了。

老師和爸爸最近常問我難不難過，還一直安慰我，不要覺得孤獨。

難過，等不等於悲傷？悲傷代表孤獨嗎？說真的，我沒有想那麼多。我只是很清楚地知道，我不太喜歡現在的生活。

我比較喜歡有阿寬在一起時的日子。

阿寬離開有七天了，我的生活也無聊了一個星期。我真的不喜歡。

那麼，這樣算不算所謂的孤獨呢？

最近幾個晚上，我趴在書桌前，都看不下書。我一直聽著阿寬喜歡的古巨基，靜靜地注視著檯燈下，兩罐玻璃瓶裡的水母。

黃色燈泡散出的光芒，映透過玻璃，落在乾淨透明的水上。像兩副隱形眼鏡的小小水母，一張一縮地緩緩游動著，浮浮沉沉，非常具有與世無爭的氣質。

我看著水母，卻總是想起阿寬。

記得那一天，補完習以後，我和阿寬坐在摩斯漢堡喝著咖啡奶昔，古靈精怪的他，忽然對我說：

「大呆，你覺得水母怎麼樣？」

「還不錯呀，我媽咪還在台灣時，帶我去過一次。很多外國人耶！」

「外國水母？」

「不是，」我搔頭盡力解釋：「是水母那裡有很多外國人。」

阿寬有點困惑，沉默了一下子，終於說：

「喔！真的很呆耶！你嘛幫幫忙，那是『天母』，不是水母好不好！」

「我搞錯了啦！國小五年級去的，那裡離我家那麼遠，平常也不會去。記不清楚是應該的。」

我大大地吸了一口好喝的咖啡奶昔，露出滿足的微笑。

天母是「母」的嗎？公館是「公」的嗎？對對對，我想起來了，我去的那個地方是叫做天母，不是水母。媽咪那一次帶我去天母玩，嘴裡還開玩笑地說了這句話，告訴我這是她大學時創作的第一首新詩呢。媽咪真有才華。

「你真的不知道什麼是水母呀？」阿寬問。

我還在想媽咪呢，他把我拉回現實生活來。我開口：

「聽過啦，我只是一時搞錯了嘛，不要真以為我很呆。我的確看過自然課本上的天……水……水母照片，可是沒看過真的。」

「我表姊昨天說，她可以送我兩隻水母。現在她在賣水母。」

「妳那個教鋼琴的表姊？她，改行啦？那不是變成山葉水族館了。」

「不是。她只是兼差趕流行，在地攤賣水母，聽說銷路很棒呢。」

「真的？養水母嗎？」我升起好奇心了。

「過兩天，我去找我表姊，然後我們一人就有一隻水母了。好嗎？」

阿寬很認真地看著我，我心中很期待地用力點頭。

養水母算是養寵物吧？媽咪還住在家裡的時候，她曾養過一隻小狗，後來媽咪出國工作以後，爸爸因為不會照顧狗狗，就把牠送到南部的外婆家。每隔一段時間跟爸爸去外婆家時，看著漸漸長大的狗狗，我就會想起媽咪。
爸爸說，他看見狗狗也容易想起媽咪。
現在，我居然有機會可以擁有一隻屬於自己的寵物了。
還沒拿到水母的前幾天，我央求爸爸帶我去書店，買一些關於飼養水母的書籍，可是我們根本找不到。爸爸忍不住問：
「大呆，你突然要爸爸帶你來買水母的書，是上課要用的嗎？」
我有點擔心，他不在公寓裡養狗，也不會讓我養水母。我於是輕聲地問：
「我可以養寵物嗎？」一種無辜渴求的眼神。
「什麼寵物？水母喔？」爸爸果然是大人，早知道我心裡在盤算什麼。
「嗯。阿寬的表姊在賣水母。阿寬說，養水母不麻煩的，在公寓裡面也沒關係。養在玻璃瓶裡，每天只要滴一滴有養料的藥水，水母就會吃飽了。」
「現在流行養水母？」
大人果然是大人，資訊都比我們落後。
「可以嗎？」我試探。
爸爸也沒說什麼，只是點點頭。我很開心獲得了最後關卡的許可，更是正大光明地準備好心情，迎接水母的到來了。
過兩天，最後一節課上完時，阿寬背起書包，拉著我的衣角很神祕地說：

「喂，水母在我書包裡耶！」

「你藏了一天？幹嘛不早點告訴我？」

阿寬說，他怕班上同學會向他要，可沒那麼多免費水母的，而且，生物課老師早上才提到現在流行養水母的事情，教我們不要去買水母。

「對呀，為什麼？」我不明白為什麼老師不鼓勵同學養水母。

「說是很容易死的。」阿寬邊走邊說。

好好養怎麼會死呢？就像人好好活著，哪有會突然死掉的道理嘛。

我和阿寬一起走出校園，天氣很棒，夕陽拖著我們的影子，在長長的紅磚道上。我回頭看，看見我們倆人影子的盡頭，肩靠著肩，連臉都疊合在一起了。

阿寬到我家裡以後，準備將水母拿出來。我屏息以待。他故弄玄虛地將雙手慢慢伸進書包，接著，兩隻手握住兩個小小的玻璃瓶，放在了桌上，緩緩地伸展開來。終於，我，我看見了！

我忍不住讚嘆，比我想像中的還可愛。

「一隻送你囉。」阿寬說著，很燦爛的笑容。

「取名字吧？」我建議。

「就叫小呆和小寬啦。」

「可是，兩隻長得一模一樣，怎麼分？」我又追問。

我們很困擾地看著兩個玻璃瓶。突然，其中一隻水母游著游著竟撞到玻璃。阿寬噗哧地笑了出來，拍拍我說：「這麼呆，這隻就是你的啦！」

結果，阿寬回家時，竟忘了把他的那隻小寬水母帶回去了。我算一算阿寬從我家回到他家，大約要十五分鐘，於是，我等了一會兒才撥電話到他家，想好好糗他才是個健忘的大呆瓜。

可是，十五分鐘、三十分鐘、一個小時、兩個小時以後，阿寬還是沒有回到家裡。怎麼會這樣呢？阿寬會去哪兒？我很擔心。

阿寬的爸媽知道他不見了之後，趕來我們家。爸爸建議趕快報警，我才覺得事情不大對勁。大家找了整晚，忙了整個早上，但，還是沒有阿寬的下落。

我真的沒有想到，我們就這樣和阿寬失去了聯絡。

而阿寬的那隻水母，一直留在我這兒。已經是第七天了。

這一個星期以來，阿寬的爸媽每天都會來我們家，幾乎都是以淚洗面。班上和學校也陷入一片愁雲慘淡的氣氛裡，好像真的覺得阿寬永遠不會回來了。大家都說，這連綁票都稱不上，因為阿寬根本是莫名其妙地不見的。

我是阿寬最要好的朋友，但不知道為什麼，卻沒有其他人那樣的情緒。

沒有悲傷，不會太難過，只是，漸漸地感覺到有一些孤獨而已。

或許是因為，我從來不覺得阿寬是失蹤的。阿寬這麼聰明，怎會被人拐走呢？

我很難將他機靈的大頭照，跟報紙上刊登的那些失蹤兒童放在一起。

每天，我餵食著兩隻水母，知道一定要幫阿寬照料好他的那隻，雖然他並沒有交代我。我看著牠們游泳，將兩個玻璃瓶緊緊靠著，希望小呆跟小寬可以看見彼此，看見我。就算少了一個主人，也不會覺得孤獨。

那天晚上，我做了一個夢，夢到阿寬回來了。他搖醒睡夢中的我，我看見他的臉上沒有太多表情，但，我能感覺到他看見我的喜悅。

「去哪啦？大家都找你耶。你是不是不想給我水母，就這樣故意賭氣？」

他搖頭，什麼也沒說就轉身要走了。我緊張地大聲喊他，他不回頭，接著，我看見遠方有另一個人出現，輕輕牽起他的手帶他離開了。

那是一個女人，很熟悉的背影。當他們都消失後，我才想起，那是好久不見的媽咪啊。有媽咪照顧著阿寬，我就放心了。

沒想到，第二天下午我放學回到家時，赫然發現，阿寬的那隻水母竟在他離開後的第八天，真的死了。

死了。

動也不動的，死掉了。

不是說人好好活著，就不會突然死掉嗎？為什麼水母會死呢？

我捧著阿寬的水母，忽然間好想念阿寬，想起昨天夢裡看見的他和媽咪，心中湧起一股從來沒有過的哽塞。我抽搐著，才發覺自己哭了。

阿寬還有媽咪，快回來陪陪我吧！媽咪為什麼去國外工作一年多了，都不回來看看大呆呢？每次問爸爸，妳有沒有打電話回來過，他總是說妳打來時，我已經睡了。下次早一點打電話回來嘛，好不好？這樣我就不會相信，有些同學說妳搭上了什麼在泰國沉沒的遊艇。爸爸也曾一直告訴我，不是這樣的。

我看著水母，不想哭，卻愈哭愈嚴重。

晚餐時，我告訴爸爸，有一隻水母已經死掉了。

「嗯，」爸爸嘴裡塞著飯說：「我今天留了一則剪報要給你看。報紙說，養水母其實只是害了水母，因為玻璃瓶的環境根本不適合水母生存的。」

「所以，另外一隻可能也會死掉？」我問。

爸爸點頭。我有點沮喪地說：「可以放生嗎？」

「放生？可是，我不知道要放生到哪裡。一般的海水或河水，適合水母生存嗎？

爸爸也不清楚，要去查一查資料，不然，反而會提早把牠給弄死了呢！」

「爸爸？」我放下碗筷。他睜著眼看我，我悲傷地問：

「阿寬是失蹤了，還是死了？」

爸爸愣著，動作也凝住了。我繼續說：

「我夢見他和媽咪一起手牽手。爸爸，媽咪，她是不是真的……」

「沒有！」爸爸阻止我說下去。

我們都沉默著。再開口說話時，已經是另一個話題了。

我不想讓剩下的一隻水母也死掉。回到房間裡，我看著兩個玻璃瓶，真的覺得水母是很憂鬱地被限制著，不喜歡這個環境。於是，我決定，要去放生水母。

讓水母自由，阿寬會同意的吧？說不定，阿寬也是想過過很自由的生活，所以自己逃走的呢！他應該找我一起走的。不夠意思！

第二天放學，我帶著剩下的那隻水母，挨家挨戶地跑水族館問哪裡可以放生，卻都沒人知道。他們都說，死就死了，再買一隻嘛，不然，賣給他們也好。

我搖搖頭。台北這麼大，總會有一間水族館，知道怎麼放生水母的。夜幕低垂，我流浪在熟悉或者陌生的街頭，都不願放棄希望。今天找不到，明天還找，只是，要趁著水母還有元氣時才行呀！

抬頭，我望見兩顆特別明亮的星星，覺得好像是阿寬和媽咪正在看著我。

我凝視著，溫暖地對他們笑笑。我知道他們正陪著我。

陪著我，昂首闊步，帶著水母去流浪。

讓飛魚去憂傷

有時候我們很愛一個人，卻沒發現彼此都是一尾鬥魚，硬要把兩個人放進同一個魚缸裡，最後搞到遍體鱗傷。

站在書架前挑書時，聽見身後的櫃台隱約傳來男人的駁斥聲。即使他刻意壓低音量，但仍能感覺到他難以抑制的憤怒。

半晌，我辨識出了那男人的聲音。他是上學期新進的年輕助理教授。他年紀輕，長得帥氣，這一個多月以來，有關已婚的他發生婚外情的流言蜚語甚囂塵上，而對象正是在校園裡工作的女子。從沒有人確知他外遇的對象是誰，直至此刻，我才知道原來是這個我從未特別留意過的書店員工。

「聽著！妳如果不辭職的話，我跟妳差不多可以結束了！」

男人撂下一句話之後離開了書店，書店深陷寂靜。我轉頭環顧四周，發現整個書店只剩下我和她。我拿著準備拿著要結帳的書走向櫃台。很少進來學校的書店買書，沒留心過這些輪班的書店員工，就連剛才也是埋著頭走進來的。

我將書放到櫃台上。看見櫃台後面的年輕女子時，我忽然愣住。

「三百五十元。」

她語氣沮喪，低著頭拉開收銀機，沒有看我。

「妳是張琬華嗎？」我小心翼翼地問。

她抬起頭，怔忡地注視著我，不語。

「沒有錯吧？那年夏天，在蘭嶼的張琬華？」我追問。

「鄭鴻宇？你在這裡唸書？還沒有畢業？」

她的臉上閃過驚喜但隨後又爬滿尷尬。想必是為了剛才發生的事而尷尬。

「我畢業了。考上這裡的研究所，已經念了半學期。妳一直在這裡工作？我竟然從來沒有注意到？」我說。

「不是的。我一個多月前才來。」她回答。

果真是她。流言中那個年輕助理教授的婚外情對象正是她。

「妳還好嗎？」我沒有點破剛才發生的狀況。

「不好意思，剛剛讓你看了笑話。」她主動提起。

「別這麼說，以前妳不也是看過我的笑話嗎？現在扯平了。」

我安慰她，她聽了微笑起來。這時候她才真正放鬆下來。

「妳終於來台北了？來了多久？」我問。

「差不多快要一年。我爸爸跟那個住在蘭嶼的女人鬧翻了，而恰好他要被調到台北來工作，所以我們就離開了蘭嶼。」

「能離開蘭嶼來到台北，妳應該很開心吧？」

「我想離開台北，愈快愈好。」她回答。

我訝異她的答案。三年半前，她恨透了蘭嶼，她說她應該是生活在台北的，而如今她終於來到台北卻又想要離開。是因為那個年輕助理教授的緣故吧？

「台北太糟，讓妳很失望？」我探問。

「沒錯。蘭嶼的山豬都比台北人可愛多了。」

我失笑，說：「台北也是有好豬的。」

「可惜台北的好豬全迷路了，我從沒遇見過。」

「我趕著去上課。改天找妳去喝咖啡吧？」我說完以後，想了想又問道：「妳男朋友不會介意吧？」

「他恨不得把我甩了。不如你帶你的女朋友一起來喝咖啡，讓我見見她？」

「我？我沒有女朋友。」

「我以為你這麼深情付出，她終究會愛上你的。」

「妳說何韻文嗎？她不可能愛上我的。」

「她和那個莽撞的學長長相廝守了？」

我搖頭說：「他們早就分了。何韻文是個喜歡爬樓梯的女生，踩上了一階之後，就忍不住想再往上踩一階。想來我曾經那麼愛她，實在有夠豬的！」

「要豬的話，請當一隻蘭嶼的純真的豬。」她揶揄我。

「對，台北的豬會迷路。我還得找到路來學校上課才行。」

我們相視而笑。

❄

三年半前，大一結束的那個暑假，我跟著學校的文藝社社團來到蘭嶼。

我們從台北的校園中募集了許多種類的書籍，決定捐贈給蘭嶼的學校和圖書館。蘭嶼學生的資訊和物資都相對地貧乏，社團的同學希望藉著「送書到蘭嶼」的活動，能讓當地的學生和我們享有同樣的資源。不過，光是送書到蘭嶼其實是不夠的，如果能親自前往幫忙分類和整理，甚至建立一個完整而可以沿襲下去的系統，才更有實質上的幫助。我把這個想法告訴了我暗戀的何韻文，沒想到她聽了以後很贊同，當眾提議社團同學應該聽從我的提議，利用暑假親自送書到蘭嶼。

「有誰覺得應該去的？」她問大家。

既然是我所提供的想法，自然必須要率先附和。但是，何韻文深愛的學長男友立即反對。

「社團活動從來不占用大家的暑假。暑假期間，每個人都會有自己想做的事情，不應該被集體活動給耽誤了。學弟可能搞不清楚狀況吧？」

學長的口氣不是很好。

我噤聲。我知道他是為了反對我而反對的。

自從學長聽說我暗戀何韻文以後，對我的態度就變得惡劣起來。不過，他頂多也只能這樣說說而已，因為我從來也沒有要試圖拆散他與何韻文。

我和何韻文從國中一年級就認識了。她是一個活潑的，很懂得撒嬌的女生，無論學生或者老師都喜歡她。

當年的我，個性閉塞，對於社交和新事物充滿恐懼，因此總羨慕也欣賞何韻文，認為她真是一個成熟的人。當我和她進了同一所高中又再度同班，我覺得是一種巧合；當我和她竟然又考上同一所大學，參加同一個社團時，我認定這是一種緣份。然而，我不是何韻文的型，她對我一點感覺都沒有。

何韻文認識學長之後，很迷戀他，即使學長總有許多風流韻事，但她仍然選擇在他的身邊。我不可能強求何韻文和我交往，我能做的只是繼續默默地對她好。只是，我對她的好，有時候好過頭，同學早已看在眼裡。

學長反對去蘭嶼，何韻文見狀，開口問其他的社團同學：

「誰有去過蘭嶼？難道不想去看看嗎？你們暑假都安排了其他的事情？」

結果，社團同學竟然全都贊成。學長很掛不住面子，沉默下來。何韻文於是問學長：「只有你不去？難道你想留在台北跟誰在一起嗎？」

「我沒有這麼說。」學長回答。

「那麼你為什麼不願意跟我一起去？」

「我只是覺得沒有必要。」

「你覺得去蘭嶼沒有必要，還是覺得我沒有必要？」

何韻文當眾把這件事情的層級提升到她和學長的私事，令在場的大家都感覺到一陣尷尬。學長更尷尬，他看著沉默的我們，整個臉都窘迫得漲紅了。

何韻文完全掌握了學長的心態，並且也從中獲得想要的慰藉。她知道學長雖然喜歡拈花惹草，但也知道他是那種需要表面上維持一種穩定關係的男人。所以，當她感覺到學長對她若即若離時，她明白如何讓學長在轉瞬之間聽從她。

何韻文過去並不是這樣的人。她已經習慣活在焦點之中，一旦失焦的時候，便習慣刻意引人注目。

每當我看見何韻文這麼做的時候，我都難過極了。

我不是難過自己，而是難過她必須用這種手段才能感覺到自己的存在。何韻文或許認為這麼做就代表學長在乎她了，但我知道，那不能算是在乎。學長只是自私地不想承擔因為自身的弱點而帶來的結果罷了。

我為什麼要這麼清楚他們的互動呢？因為，我才是那個真正在乎何韻文的人。

最後，學長在何韻文的咄咄逼人之下，不得不答應她。

暑假來臨，全社團十五個人就這麼浩浩蕩蕩地前往台東。

我們從台東搭乘十九人的小飛機搖搖晃晃地飛抵蘭嶼。雖然只距離台灣不到半小時的飛行距離，但蘭嶼的風光簡直和台灣有著天壤之別。天氣清朗，蘭嶼的好山好水就像是美麗的明信片一樣，完全沒有失真。

既然是文藝社，來到蘭嶼所投宿的地方也該跟藝文相關。我們決定投宿在作家三毛也曾住過的「蘭嶼別館」。

當大伙踏進蘭嶼別館的房間時，嚇了一大跳。昏暗而老舊的房間裡除了床和小桌子以外，沒有其他東西，連洗澡也必須到一樓的公共澡堂。灰撲撲的水泥牆將整個房間圈成一股毫無生氣的色澤。

可是，我們很快就轉移注意力了。因為房間的小窗戶正對著八代灣，框起了湛亮的海水、白雲與藍天，正是一副掛在牆上隨時間而變幻的畫。

然而，蘭嶼的美景並沒有柔化何韻文和學長之間的關係。

放置好行李以後，我們前往旅館旁一間出租機車的商家。何韻文不知道怎麼了，對於商家提供出租的機車很不滿意。

「那麼妳打算怎麼樣？這裡就這麼幾台機車而已。」

學長忍不住動怒，口氣很不耐煩。

任性的何韻文過了一會兒，開口說：「她的那台機車看起來就不錯。」

我們隨著何韻文手指的方向看過去。一個長髮的女孩正牽著機車停在門口。這女孩見到我們都望著她，突然顯得緊張，旋即就準備掉頭離開。

「顯然她還沒有要還車。」學長說。

「你去問問她什麼時候還車？」何韻文對學長說。

學長吃驚地看著她，說：「別人明明沒有要還車的意思，何必還去問？妳怎麼回事？只不過是租一台機車而已，有這麼難嗎？」

「只不過是請你問一下，有這麼難嗎？」何韻文沒好氣地回應。

大家都知道何韻文又故意在學長面前耍脾氣了。

「我去問吧！」

不想讓場面僵著，我只好這麼做。

經過學長的面前，他狠狠地瞪了我一眼。

我走到那個長髮女孩的面前，客氣地詢問：

「請問妳準備還車了嗎？我想租借這台機車。」

「我住在這裡。這是我自己的機車，我只是要來找老闆娘的。」她回答。

「不好意思，我以為妳是遊客。」我尷尬地解釋。

我轉過頭，看了看何韻文。她已經聽到我和那女孩的對話了。

「為什麼不讓她自己問？不是她要借的嗎？」長髮女孩忽然問我。

我愣住，不知道該如何回答她。

她將目光投向我身後的何韻文。

這一次學長沒有順從何韻文。何韻文帶著一股怨氣租借了她不想要的機車。其實，她想要的根本與機車無關，她想要的是學長投以更多的注目。

我們將帶來的書，一箱箱送抵椰油村和紅頭村的幾個學校，準備明天上午再前來整理分類。

吃完晚餐以後，整座蘭嶼島忽然像是被覆蓋上了一塊黑布，整個的暗了下來，僅留下天空中的一輪明月和燦亮的星星。

涼夜的海風呼呼地吹襲著陸地，因為見不著前方風景，海浪的聲音顯得特別巨大。實在無處可去了，大家決定回到蘭嶼別館休息。

我一向遲睡，過了許久仍未入眠，最後只好步出旅館。旅館旁有一間也是此地唯一的咖啡館「部落酒吧」。想不到當我一走進咖啡館，便看見何韻文和學長坐在店裡。

「我真的沒有辦法在那種旅館裡過夜！」

何韻文氣憤地對學長說。

「妳現在要我去哪裡找其他旅館？這裡是蘭嶼耶！」學長回她。

「蘭嶼又怎麼樣？」

「是妳說妳要來蘭嶼的，不是嗎？我告訴妳，蘭嶼就是這樣！」

我奇怪學長離開台灣到了另外一個島上，竟然不在關鍵時刻再順從何韻文。何韻文肯定相當沮喪。當他們兩人沉默下來時，才注意到我走進了咖啡館。

學長對我翻了個白眼，忿忿地離開，把何韻文氣得臉紅脖子粗。

「忍一忍吧，其實只會住一晚。」我勸何韻文。

何韻文若有所思，一會兒，她開口：「幫我一個忙。」

「什麼忙？」我問。

「你的房間是不是在我們的隔壁？」

「嗯。」

「晚上我過去你的房間。」

「啊？」我詫異。

「我看看『他』會怎麼樣。」

「那麼妳又打算怎麼樣？」

「我要你配合我裝出做愛的聲音。晚上很安靜，隔壁的他一定會聽到。」

我緊張地說：「這玩笑未免開得太大了。」

「不一定是玩笑。說不定氣氛對了，假戲成真也是有可能的。」

「別鬧了！」

「你不想嗎？你不是從國中就開始暗戀我？」

我怔忡。她繼續追問我是否願意幫她忙。

「妳這麼做，他會將我棄屍在蘭嶼的山間。」我說。

最後，何韻文不管我答應與否便離開了咖啡館。就在她離開之後，今天下午在機車行遇見的長髮女孩忽然從吧台後頭走出來。

我嚇了一跳，問：「妳怎麼在這裡？」

「我剛剛一直在這裡。跟老闆熟了，有時候會過來幫忙。」

「不好意思，剛剛讓你看了笑話。」

我難為情地說，指方才發生的事情。

她笑起來：「所以你會幫她那種奇怪的忙囉？請容許我提醒你，要是屍體被丟在蘭嶼的山路上，可是會被山豬啃食，死狀很難看的。」

「能長眠在這麼美麗的島嶼是件好事吧。」我無奈地聳聳肩說。

「我不覺得。蘭嶼無聊死了，在這裡做鬼都會想再死一次。」

「噓！」我說：「到了晚上不要亂講話，蘭嶼的『祖靈』會不高興的。蘭嶼原住民達悟人相信鬼魅會在晚上冒出來，妳住在這兒，難道不忌諱？」

「好像你才是住在蘭嶼的人，比我還清楚、在乎這裡的風俗。」

我奇怪她若是不喜歡蘭嶼，為何選擇住在這裡？不過因為彼此並不熟稔，所以我沒有多問。倒是在離開咖啡館之前，她問了我的姓名和大伙來到蘭嶼的目的，同時我也才知道了她的名字叫做張琬華。

張琬華——一個不在乎蘭嶼風俗也不是達悟族的蘭嶼居民；一個不喜歡蘭嶼卻待在蘭嶼的咖啡館裡幫忙老闆工作的女生。

回到蘭嶼別館以後，稍晚，何韻文果然來敲門。我讓她進房間，可是真不知道應該跟她說些什麼。她坐在床緣，臉色難看極了，簡直像是個怨婦。我背過身幫她倒一杯熱茶，聽見她突然用手敲擊起牆壁，接著毫不掩飾地發出誇張的呻吟聲，我嚇得手中的那杯水差點翻倒，趕緊趨前試圖摀住她的嘴巴。

「你幹什麼！你應該配合我一起呻吟！」她推開我，故意對隔壁喊叫：「對！就是這樣！My God，鄭鴻宇，你比他行多了！」

我奮力將何韻文拉開床，要她立即停止胡鬧。她一語不發，沮喪地掉頭離開。可是沒多久，她又敲門。我打開門，她佇立著，布滿血絲的雙眼望著我。

「他睡得很好，完全不知道剛才發生什麼事情。」她絕望地說。

我難過得忍不住擁抱起她，安慰她：「快回去睡吧，別再胡思亂想了。他很在意妳的，否則他可以找出任何理由來拒絕陪妳到蘭嶼，不是嗎？」

何韻文點頭。我很想知道，她點頭究竟是因為我安慰了她，還是她相信我所說的，學長確實在意她呢？一整夜，我輾轉難眠。

第二天一早，準備出發去學校整理捐書之前，我來到部落酒吧。

張琬華已經在店裡幫忙了。她見到我睡眼惺忪的樣子，不懷好意地笑起來。

「麻煩給我一杯熱咖啡，謝謝。」我說。

她揶揄我：「折騰了一整晚，應該喝一杯雞精或什麼『蠻牛』之類的補品飲料，好好增補精力才對。」

「別亂說了，我跟她什麼事情也沒發生。我沒有料到她一個人可以自導自演，快把我給氣死了。」

「最後她得到男朋友的關愛了嗎？」她問。

「沒有。她的男朋友睡得很熟。」

話才剛說完，學長就滿臉殺氣地衝進咖啡館。我完全來不及反應，他整個人就撲上來，狠狠地在我的肚子上落下重重的一拳。

我撐不住，倒在地上。

學長還想繼續揍我，張琬華大聲地喊叫：「住手！」

「沒有妳的事！」學長瞪著張琬華。

張琬華拿起電話，充滿警告意味地說：「蘭嶼也是有警察的，而且地方小，一通電話，警察一分鐘就能趕到。」

學長似乎被張琬華將了一軍，拳頭停在半空中。最後，他鬆開拳頭，踹了我一腳之後就忿忿地離開。

張琬華將我扶坐到椅子上，我疼得動也不敢動。

「你還好嗎？」她關心地問。

「應該讓我見識一下蘭嶼警察的超高效率。」我說。

「你還有力氣開玩笑？除非警察局就在隔壁，否則怎麼可能一分鐘趕到呢？」

「說得也是。也許趕來現場的只有蘭嶼的山豬吧。」

張琬華被我逗得呵呵發笑。我也跟著笑，但是我一笑，全身就疼痛起來。

我強忍著痛，依約跟社團同學前往各個學校整理捐書。

遇見何韻文的時候，我告訴他學長知道了昨天晚上的事情。

「是我告訴他昨晚錯過的好戲。」她說。

我難以置信地說：「妳知不知道他剛才揍了我？」

「他竟然這麼在乎一個玩笑？我告訴他，只是開玩笑的。」

我失望地看見何韻文臉上的表情。她並不覺得我被揍有什麼了不起的，她關心的只是學長多麼在乎她所開的玩笑而已。

我忽然想起張琬華。

午餐過後，我們準備搭乘一點多的班機返回台東。怎料，蘭嶼的氣候倏然大變，天空下起滂沱大雨導致機場關閉，而我們原本預定搭乘的班機也宣布取消。大雨未曾停歇，下一個班次也被迫取消。從蘭嶼飛往台東的最後一班班機是四點半，現在累積了前兩個班次的乘客，之前預先訂位也無濟於事，全部必須排定候補。

好不容易，雨總算停了，機場站務人員宣布最後一個班次的飛機將正常起飛。可是，候補的乘客實在太多，經過一陣混亂之後，最後全社團十五人當中有十四人候補成功，被遺落下來的那個名字正是何韻文。

「只好我留下來陪妳了。我們搭乘明天一早的飛機回去吧。」

學長大概以為何韻文會因此感動，不過她卻抱怨：

「我不要再待在這裡過夜！我今天就要回台北！」

社團裡的每一個人也都想要回家，沒有人讓出候補的空缺的話，何韻文今晚是不可能回得去台灣的。

「我的候補位子讓給妳吧。」我對何韻文說。

「真的？」她驚喜地問。

我點點頭。就這樣，我成全了何韻文也幫學長解決了他的困境。

學長大概很詫異我這麼犧牲吧，臨走前充滿愧疚地拍拍我的肩膀，淡淡地說了一聲謝謝。

於是，我背著行李回到了蘭嶼別館。放下行李，我來到部落酒吧喝咖啡時，把正在店裡的張琬華給嚇了一大跳。

「你怎麼會在這裡？不是回去了嗎？」

「我不是鄭鴻宇。妳昨天亂講話，我是達悟族『祖靈』派來要懲罰妳的。」

她搖著頭說：「一臉寫滿寂寞的鬼，是沒有多餘的法力來懲罰別人的。」

我失落地垂下肩膀：「妳說得對……」

我告訴她大雨打亂了班機起降的狀況，也跟她說明我把候補機位讓給何韻文的事情。她聽了以後覺得不可思議，不能認同我對何韻文的單向付出。

「多待在蘭嶼一晚，真是折磨。」她說。

「妳為什麼那麼討厭蘭嶼？」我鼓起勇氣問她。

「我不該待在這裡的。要不是我那離婚的爸爸，愛上了這裡的一個女人，硬要把我帶過來住，否則，我現在應該是在西門町喝Starbucks的！要不然也應該是待在台東的老家，不是這種鳥地方。」

「台北很無聊。我覺得蘭嶼很不錯，好山好水。在這裡念書跟長大的年輕人，肯定會有比台北年輕人更寬闊的胸襟。」我說。

「果然是狹隘的台北人觀點！」她說：「你不要用你自己為是的想法，來詮釋蘭嶼人好嗎？我從不敢說這裡的年輕人怎麼想，我只是說我不想待在這裡。蘭嶼有多美麗，我當然知道。我討厭這裡，只純粹是因為我不想待在這裡。」

我點點頭。她太激動，我不敢再多說些什麼。

「這裡的營業時間不會太晚。蘭嶼別館的房間沒有電視機，就看你一個人要怎麼度過無聊的一夜了。」她的口氣中有種等著看好戲的心態。

我想了想，回答她：「妳可以陪我啊！」

她瞪大眼睛說：「我可沒辦法像她一樣自導自演地鬼叫！」

「我是說，如果妳願意的話，我們可以去看飛魚啊！現在不是飛魚祭的季節嗎？我打賭妳住在蘭嶼這麼久，一定沒去看過飛魚吧？」

「的確沒看過。我連蘭嶼島的另外一邊都沒去過。」

「如何？一起去看飛魚吧！」我慫恿她。

「怎麼去？」她問。

「交給我吧！」我說。

其實來蘭嶼之前，早已聽說過蘭嶼的飛魚。雖然我特別留意過出海賞飛魚的資料，但本來以為這兩天忙著整理書籍，不可能會去看了，沒想到班機大亂的結果，此刻我反而因禍得福，有機會能夠看見飛魚。

我趕緊回旅館找出背包裡的資料，打電話到台東和綠島，詢問當地的旅行社是否今日有安排出海賞飛魚的旅遊行程。很幸運的，綠島有一間出租漁船的商家，恰好在傍晚時刻會有幾名遊客要到蘭嶼和綠島的海域間看飛魚。對方說，如果這些遊客同意，而我們也願意多付一點錢的話，他可以請駕駛漁船的老船長過來載我們。我回覆他沒有問題。最後，他詢問過那幾位遊客以後，大家都很樂意。

就這樣，我安排好了出海看飛魚的行程。

「我真的很懷疑你是台北人。」張琬華不得不佩服地說。

我糗她：「我也很懷疑妳是不是真的住在蘭嶼？」

坐上漁船的時候，差不多已經六點多了。昏黃的天色漸漸黯淡下來，碩大的月亮早已高掛天際。漁船在清澈的海上航行了好一會兒，老船長忽然神祕地說：

「要注意喔！這裡就是飛魚集中出沒的地方。」

話才剛剛說完，就看見飛魚自海面上一躍而起。那些飛魚的鱗片在日光下閃爍出奇異的色彩。牠們修長的身軀，狹長如翼的雙鰭，一跳躍，便恍若展開翅膀般在海面上滑翔。一大群飛魚此起彼落地飛躍著，有些飛魚甚至可以跳躍好幾公尺，令人瞠目結舌，真懷疑牠們要不是真的有翅膀，就是裝了強力彈簧。

天完全黑了。漁船打開照明燈光，而老船長拿出聚光燈開始往海面上來回照射，飛魚見到光，跳躍得更起勁，並且全往漁船的方向湧來。

「飛魚喜歡光？」張琬華問我。

「飛魚有向光性，很自然會往光亮的地方游動。不過，其實飛魚愈恐懼，跳得愈快愈高。所以這些強烈的光，是會令牠們恐懼的。」我回答。

「是嗎？原來飛魚也懂得恐懼。」她說。

「如果牠們知道，向光性是天生的，是無法克服的恐懼，肯定會感覺到相當的憂傷。」我說。

「你又怎麼知道飛魚會感覺憂傷？」張琬華問。

「妳是莊子嗎？莊子問魚，張琬華問飛魚？」我笑起來。

「我以為你有證據的。」

「這不用證據。沒有任何人或者動物，會在恐懼的時候感覺快樂吧！」

張琬華點點頭，若有所思。突然，望著海面的她，淡淡地問我：

「那麼看著飛魚的我們呢？」

「啊？」我困惑。

「如果，被光束照射的飛魚是恐懼而憂傷的，那麼看著飛魚在空中滑翔的我們，是快樂還是憂傷的呢？」她轉頭看著我。

張琬華的話停在問號中，我不知道該如何回應她，而她也沒有回答，然而，我卻從她的眼神中看見了彼此的答案。

此刻看著飛魚的我們，肯定是不快樂的。張琬華心不甘情不願地待在這座島嶼，至於我，最想陪伴的那個人卻早已遠離了這座島嶼。

飛魚繼續在海面跳躍著，我和張琬華帶著各自的心事，帶著互不干擾彼此的世界，默默地倚靠在船緣望向海水。誰都沒有再開口說話了。

第二天，我搭乘早班機離開蘭嶼。我和張琬華沒有留下的聯絡方式，或許我們都以為，彼此不會也沒有必要再相見。畢竟，台北和蘭嶼的距離，遠比想像中來得遙遠，又何況是人與人之間不可捉摸的距離呢？

❄

台北和蘭嶼的距離，比想像中來得遙遠，卻也比現實中來得更為靠近。

我沒料到這麼多年以後，竟然會重逢張琬華。自從上回在學校的書店巧遇她以後，我一直抽不出時間來履行咖啡之約。沒想到，咖啡之約還沒有實現，某一晚，我在新光三越逛街時，再次遇見她。她一個人站在販賣鬥魚的專櫃面前。

我上前跟她打招呼，她看見我，神色顯得異常慌亂。

「妳怎麼回事？妳的氣色很不好。」我問她。

「我沒事。」她回答。

「妳撒謊。」

「你能夠教我如何撒謊嗎？」
「這堂課太熱門，我沒修到。」
我搞笑，希望讓她開心。
「為什麼當年你那麼愛何韻文？願意為她付出和犧牲，到底是什麼理由？」
「真的瘋狂的愛，其實沒有理由。愛到陷入一種強迫症的狀態，就是一種失去理智的行為。」我回答。
「那麼為什麼現在你又能放下她？」
我想了想，說：「我或許沒有放下她。她只是被我放在很遠的位置了。」
「有多遠？」
「我不知道，但肯定比蘭嶼還遠，再聰明的山豬都會迷路的地方。」
她聽了，終於忍不住笑起來，雖然她的笑容看來有些滄桑。
忽然，她的手機響起收發簡訊的鈴聲。她打開手機看了看。
「我們改天再約吧。他快來了。剛剛看見她老婆也在這裡逛街，他嚇得趕緊躲開。」她緩緩地說：「你一定好奇，我為什麼要跟一個有婦之夫在一起吧？其實一開始我並不知道，他是撒謊高手。等我知道的時候，我已經深陷其中了。」
「妳其實不用那麼委屈自己。那個男人只是長得好看罷了，妳為什麼要這麼犧牲？」我忍不住勸她。

「這不是我問你的問題嗎？從前我也不明白你何必對何韻文那麼癡情。我想，現在的我，還沒有辦法將他放在很遠的位置。」

「我明白。只是希望妳能快樂一點，」我指著面前的魚缸說：「有時候我們很愛一個人，卻沒發現彼此都是一尾鬥魚，硬要把兩個人放進同一個魚缸裡，最後搞到遍體鱗傷。」

「這一次我們一起看魚，你是快樂的，而我仍是憂傷的。」她看著魚缸說。

我並不真的快樂。因為，聽見張琬華這麼說，剎那間，我覺得痛心。

一個多星期以後，我忙完一些論文發表的事宜，總算得空可以約張琬華出來喝咖啡。想要約她的時候才發現，我迄今仍然沒有她任何的連絡方式。要找到她，就得去學校的書店了。我不知道她確切的班表，幾次都撲了空。終於，今天晚上我經過打烊的書店，鐵門降下來時，看見張琬華正準備從書店離開。

當我正要上前喚她時，突然一個女孩子衝進我和她之間。

張琬華來不及反應，就被那個女孩子壓在牆上，動彈不得。她二話不說，狠狠地往張琬華的臉上甩了一巴掌。我下意識地衝上前，把那個女孩拉開，我向她喊「住手」，但是她的另外一巴掌已經啪的一聲重重地落在我的臉頰上。

「妳到底想怎麼樣搶走他？」

她指著張琬華。這時候，我才搞清楚她是誰。

「我沒有搶他。是他說謊，我先前根本不知道妳的存在。」
「妳胡說！」對方氣憤至極。
這時候，一個男人氣喘吁吁地跑過來。原來是始作俑者，那個助理教授。
「不要鬧了！」男人試圖安撫他的妻子。
「你敢背著我劈腿？我會把這件事情抖出來，讓你在學校待不下去！」
她的妻子語帶威脅。男人顯然很在意，以至於他竟然對張琬華說：
「妳不要再單戀我，想要介入我跟我老婆的生活了，好嗎？」
張琬華非常錯愕。她搖著頭，什麼話也說不出口。
男人和他的妻子離開以後，張琬華仍失神地佇立著。
被欣賞的男人追求，並且深愛著他了，但最後卻在這樣的關頭被犧牲，恐怕是很不堪的。
「我們走吧。餓不餓？我們去夜市吃些東西？」
我想這時候，多說任何安慰的話也是沒有用的。
「對不起，害你被甩了巴掌。」她愧疚。
「從前我被學長打，妳不也是挺身而出？」
「但是兩次被打的都是你。」
「我很禁得住打的。」

「真羨慕你。」

「妳從前看起來也是很禁得住打的。」我說：「那年夏天，在蘭嶼認識妳的時候，妳和現在不大一樣。妳不顧蘭嶼的風俗，妳的個性直來直往，但又不像是何韻文那樣蠻橫任性。如今在台北的妳，好像被磨去了這些部份。」

「也許因為那時候，我太討厭蘭嶼了吧，所以直來直往。」

「如果討厭台北就能夠讓妳恢復往日的個性，然後下定決心離開那個男人的話，那麼，妳儘管討厭台北吧。」

「我現在真的討厭台北了。我沒料到他剛才竟然講出那麼決絕的話。他把我來到台北以後，和他共享的美好回憶全部摧毀了。」

「也許他只是表演給他老婆看？也許他明天會向妳懺悔？」

我怎麼回事？明明剛剛才說，要張琬華離開那個男人的，現在竟然又替那男人解圍？我想，我是因為不忍心見張琬華太心碎。

她點點頭。我想知道，她點頭，是被我安慰了，還是相信那男人第二天真的會向她懺悔？

這一晚，我騎車載張琬華回家。一路上，她坐在我的身後沉默不語，而我始終不斷地問自己，我是不是喜歡上了張琬華？

這一天，我和張琬華留下了彼此的連絡方式。我知道，我們會再聯繫。

不過，第二天我到學校時，才知道張琬華已經辭職。我撥電話給她，她始終是關機的。已經兩天過去了，我一直沒找到她。

我沒有找到她，但我卻遇見了另外一個人，那個人就是何韻文。

何韻文在大二的時候跟學長分手，之後又交往了一、兩個男朋友。那些人依舊是學校裡的風雲人物，卻也都有著風流倜儻的個性。大二時，更迭在愛情得失中的何韻文幾乎荒廢了學業，成績一落千丈。我勸戒她清醒點兒，她不理會，最後學期末的成績竟然有一半以上都不及格，被學校「二一」退學。何韻文被退學以後，我就跟她失去連絡了。我再也沒有和她就讀同一所學校和系所，而那種當時以為的緣份也很奇妙地隨著歲月的逝去而漸漸淡去。

這天，我在威秀影城通往台北101大樓的天橋上巧遇何韻文。

她摟著一個人高馬大的外國人，神情很愉悅。

「好久不見！聽說你還在念研究所？」她問。

「嗯。妳呢？」

我問，然後看了看她身旁的外國人，他對我點頭微笑。

「我被退學以後，沒有再重考。我去Neo19裡的stage餐廳工作，認識了他。」

何韻文開玩笑說：「以前英文爛得要死，現在好得很。」

「祝福妳這次可以終生學習。」我說。

「看見你也和我一樣幸福，我真的很高興。」她說。
我愣了一下，問她：「我看起來很幸福？」
「你看起來就是挺幸福的，是那種沉溺在愛情裡的幸福。」
「是嗎？」我笑笑。
難道是因為我重逢張琬華的關係，讓我散發出了連自己都沒察覺的氣味？
晚上回到家以後，我再次拿起手機撥電話給張琬華。這次，總算電話接通了。
「我以為妳被山豬綁架了。」我說。
「我辭掉了學校書店的工作，我想如果我沒辦法立刻將他放在比較遠的位置，那麼至少現在必須遠離他一點。我決定聽從你的建議離開台北。」
我的建議。這或許是我做過最糟糕的建議。
「妳父親在台北的工作也有異動嗎？」我問。
「沒有。我自己一個人離開。我準備到高雄，那裡有個親戚開了間公司，我和父親商量好，暫時先去那裡工作。」
「什麼時候離開？」
「後天。」
「這麼突然？很意外啊。」
「不好意思。我會準備小禮物作為精神賠償的。」

我苦笑起來，邀約她：「週六晚上一起吃飯吧？就當作是妳送我的禮物？」

張琬華答應了。我請她決定餐廳，她說好，明天再告訴我吃飯的地點。

隔天傍晚，她打電話來，沒想到她約的地方是Neo19裡的stage。

「妳已經訂位了嗎？」我問她。

「你不喜歡？」她敏感地問。

「不是。何韻文在那間餐廳工作。」我說。

「你如果怕尷尬，我們可以換地方。我約那裡，只是因為之前一直想去看看，但是總沒有機會去。」

「沒關係，那我們就去吧。我不會覺得有什麼尷尬的。我和她很久沒有連絡，只是今天才在路上巧遇她，知道她現在的狀況。」我說。

最後我們還是去了stage。不過，我並沒有在餐廳裡見到何韻文。

這一餐，我和張琬華自然而歡愉地聊著生活的瑣事，我覺得氣氛好極了，卻很遺憾她即將離開。

我細心注意著張琬華說話時臉上的每一個表情，我的內心被喜悅充滿著。我想我確實對張琬華有感覺，不過，我想她只是將我看待為普通朋友吧。過了好一會兒，我終於還是問她，是否願意再多考慮一下離開台北的事情。

「蘭嶼的山豬都比台北人可愛多了，我想高雄的也不差。」她聳聳肩說：「待在台北，他的位置永遠就不可能遠。觸景傷情，我大概會很容易不開心。」

我沉默，好一會兒都沒開口。

「怎麼不說話？難道你會捨不得？」

她問，帶著開玩笑的性質。

我尷尬地笑起來，搖搖頭。我其實是捨不得的，可是，我沒有說出口。我或許不應該阻擋張琬華自我的決定，所以不再多做慰留。

離開餐廳前，張琬華起身去洗手間。就在這時候，我瞧見何韻文搖搖晃晃地走進來，醉醺醺的樣子。她的同事們上前攙扶住她，問她怎麼喝成這樣子，如果不舒服可以休假，今天就不必趕來上班了。她喃喃自語，重心不穩，差點撞到桌子，我上前幫忙扶她。她見到我，非常詫異。

「他把我給甩了。」

她撂下一句話便倒在我的懷中。她整個人快順著我的身子滑下去了，我抓住她的雙臂，拉起她來，讓她倚靠著我。

「他竟然敢甩掉我？從來都是小姐我甩人，還沒有被人甩的道理！」她說。

「前兩天碰到你們，不是看起來還好好的嗎？」我問。

她注視著我，滿口酒味地說：「你跟我交往好不好？你告訴我，你現在還喜歡我嗎？你不是從國中開始就喜歡我？」

「妳喝醉了！快坐下來，別再亂說話。」我說。
「我相信你絕對、絕對、絕對不會把我給甩了，你說，對不對？」
她忽然好用力地抱住我，接著，她的雙唇竟在我的臉頰上胡亂地親著。
我突然有些慌了。腦子裡迅速地重現出國中時代，我第一次見到何韻文的場景；然後是高中，接著是大學，那些層層交疊的，我的單戀，她的身影。
我變得有些恍惚，懷疑此刻攀在我的身上，親著我的真是那些年來我單戀著的女孩嗎？這些吻是過去的我多麼渴求卻始終無法獲得的啊。
可是，很快的，我立刻回到現實。然而，正當我回神的時候，張琬華已經站在我的身後了。何韻文的雙手還是掛在我的脖子上，雙頰仍不停地磨蹭著我的胸膛，她尷尬地看著我，而我萬分窘迫。
「我想，我先走了。」
張琬華拿起座位上的包包，轉身離開。
「妳別走。」我急忙喚住她。
張琬華駐足。這時，趴在我身上的何韻文忽然抬起頭來，她看見了張琬華，然後瘋言瘋語地叫嚣：
「喂，妳是誰？妳想對我的小親親怎麼樣？告訴妳，我們是青梅竹馬喔，他一直喜歡我，妳啊，別想對他動什麼主意！」

「妳醉得很嚴重，快回家休息了。」我對何韻文說。
最後，張琬華沒有回頭，快步地走出餐廳。
我把何韻文扶到椅子上坐下來，準備上前追張琬華，但醉茫茫的何韻文拉住我的手，突然又哭又笑地央求著：「不要走！你在這裡陪我，我需要你！」
我看著她，然後想到漸漸遠離的張琬華，狠下心來對她說：
「妳不是需要我來陪，妳只是需要有人陪而已。任何人都可以的。」
我拋下何韻文，向餐廳外頭奔跑追趕張琬華。
週六夜晚的新光三越信義新天地人潮洶湧，我根本不可能找到她的。
我跑上連結兩棟建築物的戶外天橋，沮喪地趴在圍欄上。腳下的廣場有來往的路人，廣場尾端有一群工人正在架設起明日活動的舞台。雖然明知道不可能，但我的目光依舊繼續努力掃描著人群中的每一張模糊的面孔。
正當我一籌莫展時，眼光投向遠方那架設舞台的地方。忽然，我看見一塊大立板已經被架設起來，竟然是一張蘭嶼八代灣的巨幅海報，海報上面寫著「歡迎光臨，蘭嶼觀光飛魚祭」。我立刻衝下樓，跑向那裡。
果然如我所料，張琬華站在舞台側邊，張望著那塊立板。
「如果妳想回蘭嶼走走，我願意陪妳一同去。」我開口說。
張琬華轉過身來，見到我，相當驚訝。她嘆了一口氣，說：

「你應該留在何韻文的身邊照顧她，怎麼跑來找我？看起來她決定愛你了。」

「她醉了。我跟妳說過，她對我而言，已經在離我很遠的位置了。」

「你不用向我解釋這些，我畢竟也不是你的誰。可惜我們兩個根本還沒有正式開始，就已經必須結束。」

「妳討厭起台北來，果然又恢復了當年的個性。不過，我喜歡這樣的妳。」

「喜歡我？你可以讓你所謂『離你很遠』的何韻文，抱著你盡情親吻，當然也可以隨便說說喜歡我。就像是我的前男朋友，說謊功夫一流。」

「相信我，我不是那樣的人。」

「你們台北的男孩子個個都是油腔滑調的，我無法相信了。蘭嶼的山豬都比你們可愛太多。我討厭這裡！」張琬華語畢，轉身就走。

「台北也是有好豬的！至少，妳身後的就是一隻好豬！」

我顧不得形象向她奮力呼喊。頓時，全廣場上的人都轉頭望向我這隻豬。

張琬華停下腳步，背對我，站在距離我兩公尺的前方。

「請妳考慮不要離開台北，請妳相信我！請妳給我機會，讓我做妳的男朋友。」

我鼓起勇氣，一股腦兒地說出心底的話。我瞥見現場圍觀的群眾每個人都面神凝重，全跟著我一起在等待張琬華的回應。

「豬說出來的話，我更不能相信了。」張琬華說。

「好吧，妳告訴我，妳究竟要怎麼樣才願意相信我？」

張琬華想了想，竟然說：「如果現在有蘭嶼的飛魚能夠作證，那麼也許我就能夠相信你吧。」

我詫異她的要求。這怎麼可能呢？我沉默。張琬華肯定不願意給我機會吧。她是對我一點意思都沒有的，否則不會想出這種絕不可能實現的願望。

彼此都沒有再說話了，只聽見身後傳來搭建舞台的工人對伙伴的叫喊聲：「快點打開電源測試看看！要不然明天揭幕儀式時出了狀況，我們就遭殃了！」

頓時，我感覺到背後有一陣強大的光源照射過來。

圍觀的群眾看見我身後的舞台，臉上全綻放出笑容來。他們伸出手，指向我的背後。我好奇地轉過頭，居然看見舞台上架設了電動的蘭嶼飛魚模型，那些飛魚從舞台邊緣一升一降，時而跳躍時而隱沒。

「張琬華，妳現在必須相信我，考慮做我的女朋友了！」

我驕傲地對她叫喊。她回首，起初滿臉困惑，但發現我身後的景象時，嘴角忍不住揚起。然而下一刻，她的眼睛卻湧出了淚水來。

在眾目睽睽之下，我上前擁抱她。

我們真的能一起走下去嗎？這答案也許就像永遠無法確定，騰空滑翔的飛魚，恐懼是否等同於憂傷？但，我想，此時此刻那些無法掌握的種種，就讓飛魚去憂傷吧！不是飛魚的我們啊，就該在幸福的當下快樂翱翔。

這個初夏的午夜，我在台北盆地裡看見了蘭嶼的飛魚。

這一次我確定，我們是快樂的。

501紅標男孩

我常常懷疑戀物癖，是因為每個人的生命中都有一個缺口。失去了，成為缺陷，於是便不斷地蒐集相關的東西，填補缺口。只是，填補過後的世界，會一模一樣嗎？

一推開門，重金屬搖滾樂就狠狠地撲來。

閃爍的燈光，喧囂的交談，震動的地板和混濁的空氣，緊接著在不到一秒鐘的剎那間，全部都衝向我的身邊。我站在夜店門口，感覺身前的眾聲喧嘩與身後的夜闌人靜。跨過門檻，一關門，門裡門外就隔成兩個世界。

「喂喂喂，看誰來了！」小保的聲音。

即使如此嘈雜，小保的大嗓門仍然可以清晰地辨認出來。

我站在門邊，引頸張望擠滿人的酒吧，尋找聲音的來源。終於，我看見小保和明輝在角落向我招手。

「阿慶！在家刺繡啊？這麼晚才來！」

小保抓起一個杯子，灌了冰塊和酒，碰的一聲放在桌上。酒溢了出來，燈光一照，閃閃發亮。

「沒有啦。」

我坐下來，拿起那杯酒喝了兩口。

（在家刺繡？我還在家跳火圈！）明輝用手語諷刺著。

明輝長得很帥，是聾啞學校的學生，我因為參加一個手語營的活動而認識他。他出乎我意料之外的開朗個性，讓我們擺脫語言的障礙，成為「無話不談」的好友。他聽不見我們說什麼，但是卻可以很厲害地讀唇語而明白。

我跟小保認識的比較久，是國中時期的朋友，後來他念了五專，我念了高中和大學，但一直都保持著聯絡。小保和明輝因為我而相互認識，也成為好朋友。

「阿慶，你還好吧？」小保問。

「Okay啦，還活著。」我回答。

小保感覺出我不對勁，接著說：

「我來猜好了，應該不會是家裡的事……，」小保想想又說：「該不會，又是牛仔褲吧？」

我點頭說：「我發現一條日本501XX的複製款。不過令人心碎的是，我看見的第一眼也是最後一眼。有個男的拿著它，付完錢，正放進袋子裡。」

（出高價搶過來呀！）明輝的表情比我還激動。

我和小保的手語其實並不好，不過久而久之，我們也具備了讀唇語的功力，可以看懂明輝不發音的唇形。

「對呀，我立刻就想到了。可是那個人疑心病特重，我猜他根本不懂蒐集牛仔褲，但是一聽見我說願意花比原價更高的錢向他買，他反而懷疑這件褲子有什麼玄機，硬是不肯讓給我！」我說。

「他電影看多了，大概以為這件褲子藏有流失出去的國家機密吧！」小保說。

「結果我只好請老闆再進這批貨，沒想到他竟然說他下一次去日本，是兩個星期後，氣死人了。到時候早就被Levi's迷搶購一空了！」

我用力喝了一口酒。

「我想起來了，你不是已經有一件501XX的複製款嗎？」小保問。

（那是美國的，他要的是日本版的！）明輝有時很脫線，但有時記憶力又很強，真是奇怪。我驚訝他還記得，立刻替他拍拍手。

「真搞不懂你！牛仔褲能穿就好了嘛，怎麼到了你手上，好像變成在做什麼論文研究似的。」小保喝完了酒，又斟一杯。

「那你一天到晚看日本偶像劇，看完又買錄影帶，還不是差不多？就是喜歡嘛，沒什麼理由呀。」我順便嘲諷一下他：「房間貼那麼多酒井法子海報幹嘛？又不紅了。」

「亂講，」小保用捍衛的口氣糾正我：「人家紅到還來台灣拍連續劇呢！」我笑起來：「你已經說出她不紅的證明啦。」

（你忘了酒井法子和日劇，對他有特殊意義？）

明輝暗示我別再說了，我才覺得我要是再說下去，小保可能真的會變臉。

「喔……我忘了。」我搔搔頭，尷尬地趕緊說：

「對不起喔，小保。你看日劇、蒐集酒井法子海報和日劇的癖好，是比我有意義一點啦。嗯……至少，以後會增值嘛！」

小保故意瞪了我一眼。我慢慢想起，小保一年前交往的一個女孩，是個日劇迷，小保為了討好她，開始培養自己看日劇，好增加彼此的話題。我們都看得出小保很疼她，很在乎她，那時他的皮夾裡總是放著兩張照片。一張是那個女生；一張是酒井法子。

「很像對不對？說嘛、你說說看嘛，是不是很像？」

小保沒事就在朋友面前翻開皮夾，用一種溫柔卻又挾帶威脅的口吻，要我們現場比對這兩件證物。大家只好開始發揮充沛的想像力，深怕回答不妥就會立刻堂上開鍘。

「有一點。」想要敷衍，但功力又不到家的人會這麼說。

「眼睛。」聰明一點的人會縮小範圍回答：「眼睛真的有給它像說。」

言外之意就是其他的地方都不像。

「嗯……我想本人看起來會更像。」高明的人當然不作正面回答。

我一直不覺得她像明星。直到有一天，她終於被另外一個男生從小保身旁追走時，我才開始相信，她可能真的具有一些明星氣質的吸引力。

小保用情過深，這樣的打擊讓他難過許久，還好我和明輝這兩個狐群狗黨不斷地安慰他，他的情緒才漸漸好轉。只是，小保開始用懷舊的心情去面對日劇，而且化悲慟為力量，蒐集了一大堆酒井法子的海報。

即使到現在，小保已經交了新的女朋友，這個癖好仍然保持著。當然，他現在的女友，不知道這些典故。

從夜店騎車回家時，我想著這些事情。大概因為日本的關係，我就突然間想到，其實我可以問問有沒有這一、兩天會去日本的朋友，那麼我便可以請他替我買日本版的複製款牛仔褲，一切問題就解決了。

回到家我立即打開電腦，連上網路新聞討論群，發信件到有關討論日本、衣服和旅遊的版上，請問是否有人會在這一、兩天去日本。第二天晚上我再上網路時，喜出望外地發現，真的有人回覆我的信件，綽號小美。

「我後天會跟姊姊去東京，如果你想買牛仔褲，可以把你想要的款式和品牌告訴我。可是因為行李問題，所以只能幫你帶一條。有意，請直接回覆至我的信箱。」

我當然不能錯過這個好心人給的機會，馬上寫信給她。我寫著：

「太好了（:P）！妳真的願意替我買嗎？我要的牛仔褲是Levi's501XX日本版複製款的深藍色系列。這是限量發行的。要麻煩你千萬注意，日本版跟美國版的501XX幾乎一樣，唯一可以分辨的，是紙牌產地標籤和洗滌標籤都是日文的。那麼我要怎樣把錢拿給你呢？」

傳送信件以後，我仍在線上逛網路，大約過了一個小時，電腦就顯示我有新郵件。我轉換至郵件系統，看見是她的信件。

「不必啦，我要是真有買到，到時你再給我錢吧。如果找不到你了，我想還是有人會要這牛仔褲的。就醬子吧（:D）！」她寫著。

我躺在床上，望著牆壁上的一塊空位，心情很興奮。那一塊空位，我準備釘上那件日本版的牛仔褲，到時候，屬於我私人的Levi's牛仔博物館，收藏就會更豐富了。

我和朋友聚會的地方只有兩個，一個是我跟明輝、小保常去的那間夜店，另一個地方其實就是我的住處。

每一次我帶著朋友來我家，看見他們臉上驚異的表情，我都好驕傲。這個大約十幾坪的空間，是我的書房、我的客廳、我的臥房、我的咖啡廳，也是我的牛仔褲博物館。

在一面牆上，我掛著用畫框鑲起的Levi's從古至今的資料照片；另一面牆上掛著我蒐集而來的廣告海報，有的珍貴絕版海報是輾轉從海外而來，有的則是從台灣各地收集而來。

還有一面牆，就是我將收集到手的「Red Tab，紅標系列」牛仔褲，全部釘在上面，而且還在每條褲子下貼上檔案資料。在牆壁邊，我擺設了兩個小圓桌，朋友席地而坐，飲料茶點一放，音樂揚起，整個牛仔博物館就立刻變成我的牛仔咖啡館了。

（你們都是瘋狂的戀物癖！）明輝常常這樣說我和小保。

我蒐集牛仔褲，小保搜括日劇相關產品，常讓明輝覺得不可思議。

其實，明輝也不自覺地有了戀物癖。自從我們認識以後，他開始跟我們一起去看電影，甚至演唱會。有一回我們一道去看「Savage Garden」演唱會，散場時，我們走在人潮洶湧的紅磚道上，走著走著，我發現明輝竟然哭了。我好緊張地問他怎麼了，他只是抽搐地打著手語：（我好感動。）

那一晚，我在睡前反覆地想著他的話，竟不自主也流了淚。我才明白，我們視為理所當然的許多事情，對明輝來說都是不及的夢。我看見明輝開始蒐集每一張電影和演唱會票根，然後壓在自己的桌墊下，像是想要永遠地壓住，每一次他感受到地板震動的剎那感觸。

我常常懷疑戀物癖，是因為每個人的生命中都有一個缺口。失去了，成為缺陷，於是便不斷地蒐集相關的東西，填補缺口。於是，明輝蒐集票根，小保蒐集日劇和酒井法子海報。只是，填補過後的世界，會一模一樣嗎？

「那麼你呢？」小保突然問我。

他來我家，我們煮著咖啡，我跟他說了我這樣的想法。

「啊？」我其實聽見了，只是不知道怎麼回答。

小保說：「我說，那麼你呢？你又是因為缺乏了什麼，才會有收集牛仔褲的癖好？」

我真的不知道。我只好帶開話題，跟他說：「那個去日本的網友，她今天寫E-mail告訴我說她已經回來了，而且真的買到了日本版複製款耶！」

「恭喜！你要怎麼拿褲子？應該要見面吧？」小保問。

「見面啊。一手交錢，一手交貨。碰面的時候，明輝會來，你一起來吧！」

「男的還女的啊？」小保有點興趣了。

「女的，年紀小我一歲。」

「什麼時候？」他問。

「明天晚上。」我說。

小保很生氣地抱怨，他明天晚上要打工，怎麼選這一天呢？不過日期已經跟人家訂好了，不可能因為小保再更改。

其實直到小美從日本回來，我們在網路上聊天時，我才確定「小美」真的是個女生。為了給她安全感，我們決定彼此都會帶朋友出席，地點就選在我家樓下的餐廳。

第二天晚上，明輝和我很早就在餐廳裡，果然看見兩個女生準時地出現。小美長得很清秀，而且還有點眼熟。

陪她來的那個女生不算漂亮，但看起來很有人緣，很開朗。一開始有點尷尬的場面，還好因為有她而熱絡起來。這個開朗的女孩，很驚訝明輝是聾啞，不過我知道她的驚訝並沒有任何歧視的意味，只是好奇著一個和她不一樣的世界。

她不斷問明輝有關手語的問題，明輝就告訴她。她看不懂明輝的唇形，明輝就寫給她看。

「沒想到妳朋友對明輝很感興趣喔。」

我向坐我對面的毓美說。以前只知道她在網路上的暱稱，今天才曉得她的本名，毓美。

「對呀。」她笑著回答。

明輝看見我跟毓美說的話，暫停了和那個開朗女孩的聊天。他打著手語：

（你少來了，瞧你一副色狼樣，根本就是你對毓美有興趣吧？）

「他比什麼？是不是有說到我？」毓美好奇地問，要我翻譯。

我當然不能這麼說。我回答：「他的意思是，妳覺得麵好吃嗎？」

明輝的手在桌子下，用力捏了我一下。

毓美笑著回答：「好吃啊。你幫我用手語跟他說謝謝關心，我每次吃義大利菜都會點這種麵。」

我對明輝打著手語：（我的確覺得她滿好的。不過現在八字還沒一撇，你不要反而破壞了我。）

「我替妳翻譯了。」我心虛地笑著，趕快轉移話題：「我總覺得妳很眼熟耶。如果不是我們以前見過面，就是我認識跟妳長得很像的人。」

「嗯……」毓美試圖找出合理的解釋：「也許你認識的人，真的長得跟我很像。我知道，很多人都說我長得跟我姊姊很像，雖然我一點也不覺得。因為啊，我姊長得很像酒井法子，我才不要像她呢！我要像梁詠琪！」

（喔喔，家庭倫理大悲劇要發生了。）明輝看著我。

我聽了差點噎到，難道網路討論群的世界果真這麼小？我硬生生地把麵吞下，立刻問：「妳說，妳姊姊像，酒井法子？」

「對呀，很多人都這麼說。現在她的朋友不叫她倫倫，都叫她酒井了，誇張！」毓美回答，順便一問：「那妳覺不覺得我有一點像梁詠琪？」

本名倫倫，綽號酒井法子，我確定是小保從前的那個女友了。我一時還沒辦法接受毓美就是小保女友的妹妹，看著她，思緒混亂中我緩緩地回答：

「眼睛，嗯，妳的眼睛真的有點像。」

（沒誠意的答案！你乾脆說她很像陳曉東好了。）明輝笑著。

「明輝比什麼？」毓美問。我臉部有點僵硬地回答：

「他也說真的很像……。」

晚餐在牛仔褲交易後匆匆結束，毓美說網路上保持聯絡，那個開朗的女生留了電話號碼給明輝。

可是為什麼要留「電話號碼」給明輝呢？離譜的是明輝居然欣然接受，沒啥反應。我想，他們兩個差不多已經被沖昏頭了。

「你們不會真的要繼續『保持聯絡』吧？」

小保知道了這件事，試探著問我。

「見面以後已經過了一星期，我們在網路上愈聊愈愉快，彼此更認識。我覺得她滿好的呀！」我說。

當我知道毓美是小保昔日女友的妹妹時，我早就料到倘若我要和毓美交往，小保的心裡一定會很複雜。

「阿慶，恭喜你，第一次談戀愛啊！」小保繼續說：

「可是怎麼會剛好就是倫倫的妹妹呢？這樣好奇怪喔……其實，也沒什麼啦，只是我們都愛上同一家人的姊妹，以後每次我看見你們在一起，我都會想起她的姊姊。是沒什麼啦，你們當然可以交往，只是，我的感覺總是會怪怪的……」

「可是我又不是跟倫倫交往，而且，你現在也有女朋友啦！我好不容易第一次談戀愛耶，你不會因此而反對吧？」我說。

小保吞吞吐吐地說：「好啦，沒什麼啦。是我自己的問題。」

雖然小保嘴上說沒什麼，但其實我知道他心中並不是這樣想的。

我和毓美還是繼續聯絡，從網路到電話兩端。聽著她的聲音聊天，讓我多了一股踏實的感覺。

幾天後，我邀請她到我住的地方喝咖啡，她看見我房間的布置，頻頻稱讚。我當然又升起了成就感，一樣一樣向她介紹。

從一八五〇年第一件帆布牛仔褲開始說起，到大戰時期為了節約物資而改變的樣式，最後還解釋一番為什麼會有複製款的出現。我詳細地解說褲子上鈕扣、車線或標籤的細節變化。

毓美看著牆上紅標系列款式的每一件褲子，她開玩笑地說我的名字應該改叫「紅標男孩」。我喜歡毓美替我取的這個綽號。

「你為什麼喜歡蒐集牛仔褲？」她突然問我。

我聽了嚇一跳。毓美問的和小保問的一樣，一個我從未思索過的問題。

等到不得不開口說話時，我自己也不明白地回答著：

「我喜歡穿牛仔褲，也喜歡看人穿牛仔褲。覺得只要簡簡單單地搭配著衣服，就很好看。那種穿衣哲學中的悠閒與自在，大概正是我嚮望的生活態度。而且，穿起牛仔褲，就會讓我升起一股像是西部牛仔般的拓荒精神喔。」

我回答得頭頭是道，毓美聽了笑著問我：

「像西部牛仔？那你一定具備著充滿自信的冒險精神，什麼都敢嘗試！」

「還好啦。」我壓低了音量緩緩地說。

如果自信心來自於成就感，恐怕，我除了蒐集牛仔褲而建立的自信外，並不是一個對任何事都充滿信心的人。

我和毓美見面的時間變得很多，雖然我們都沒有明說彼此的關係，但是我想我們是在交往了。

如果要我說出為什麼喜歡毓美，我可以列一張長長的清單逐一說明，可是我卻懷疑，毓美為什麼會選擇我？

這是我的初戀，沒有戀愛經驗的我，明白一定有很多地方是我做不好的，也不知道該怎麼去做。我一直覺得毓美沒有抱怨，也許只是還沒到達忍受的極限。

有一天，我和毓美去影城看完電影後，坐在中庭吃著熱狗，她突然問我：

「你覺得，我像你以前的女朋友嗎？」

我不想說我沒交過女友，所以只好回答：「不會呀。」
「我的意思其實是，我像你的女朋友嗎？」她說。
我聽了以後愣了一下，不知道為什麼她會問這樣的問題。
「你本來就是我女朋友啊，怎麼會這麼問？」我說。
「嗯……我覺得你是一個很特別的人，就像你以前告訴過我的，生活哲學中帶著一股西部牛仔的拓荒精神。不過，我總相信你這樣的勇氣，好像不應該『只停留在蒐集牛仔褲上耶……』」毓美吞吞吐吐地說。
她在暗示什麼嗎？但是，我卻像是不願多想地，又帶開了彼此的話題。
明輝和那個開朗女生，兩個人是一拍即合，明輝說每天晚上他們都在網路上聊天，我才發現以文字溝通為主的電腦網路，簡直就是為明輝這樣的人而設計的。
因為我們各自交了女友，所以三個人比較不像過去那樣常見面。
我一直以為小保和女友還是像從前一樣，也沒特別多想他第一次知道我和毓美交往時的反應。但後來我才發覺，小保這一陣子整個人都陷入思緒的泥沼中，一直沒有跳脫。我原本以為小保只是需要一個過渡期，但我和毓美的交往，卻讓他發現他的心中根本從未放下倫倫。
「我想去找倫倫。」小保喝了一口酒。
這天我們三個約在夜店見面敘舊。以前我們每兩天就會來這裡，現在幾乎一個禮拜才會到這兒聚頭一次。

「那你現在的女朋友怎麼辦？」我問。

「我不知道，也許我不愛她，我愛的是倫倫。」他說。

我告訴他：「你要想清楚。倫倫現在有男友，而且毓美說他們相處得很不錯。你現在想和倫倫在一起，她卻不一定會回心轉意。而且，你怎麼對你現在的女友交代？」

「我不知道。可是我無法壓抑我想找回倫倫的衝動。」他說。

原來小保蒐集海報和日劇，終究無法填補心中的缺口。

小保趴在桌上，對著明輝說：「真羨慕你啊，現在過得很快樂呢！」

（才不呢！我一直覺得我現在的快樂，是很虛幻的，很如履薄冰的。）

「我看你們不是交往得很好嗎？」我很驚訝。

（我很怕有一天她沒有耐性看我寫字讀我唇語，或者突然她需要一個會說甜言蜜語的男朋友，卻領悟我辦不到時，就會離我而去。說實在的，有哪個正常人真的願意跟一個聾啞過長久的日子呢？）

我第一次聽到開朗的明輝，說這樣悲觀的話。

「什麼正常人不正常人的，我不要再聽到你說這種話了！不要這麼悲觀，我覺得她不會是這樣一個女孩的。你要有信心！不要想這麼多，現在能快樂，就已經很棒了。」我說。

「對呀對呀，」小保趕緊鼓勵明輝：「我們一起向初生之犢的阿慶學習吧！」

「我？」我搖頭說：「幹嘛扯到我？你們戀愛經驗比我多，我是第一次耶，都還搞不清楚狀況……而且……」

小保和明輝張大眼睛等我說下去。

我們三個人簡直就像三張「悲傷骨牌」，本來只是說小保的事，接著抖出明輝面臨愛情的瓶頸，最後我竟也透露出我跟毓美交往一個多月後遇到的問題。骨牌效應，一陣連鎖悲傷反應。

「而且，我不知道我有什麼優點，毓美會喜歡我……她還說，我的牛仔拓荒精神，不應該『只停留』在牛仔褲上。」我說。

「你不懂她在暗示你不夠積極啊？」小保審問我。

「我想我沒辦法做好的。」我有點沮喪地回答。

（你要有自信啊！）

明輝笑著，故意用我剛剛鼓勵他的話。他繼續打著手語：

（而且，你很多優點啊，我隨便舉幾個例子喔。比如，你的眼睫毛很長啊、你吃飯每次都吃兩碗啊、你的頭髮不會分岔啦……）

「行了！這是哪門子優點啊？」我說。

我們三個都一起笑出來。

「你是不是覺得毓美不但不應該喜歡上你，而且，你也從沒勇氣斬釘截鐵地告訴她，妳愛她？」小保問。

我沉默地點點頭，他立刻說：「把你對蒐集牛仔褲的熱情與自信放在毓美身上，也把你覺得穿上Levi's就有的牛仔般的冒險精神，放在愛情這件事吧！有時候，戀愛不但需要勇氣，也是需要一點點的冒險精神！」小保拍拍我。

回到家，我環顧著令自己很有成就感的牛仔博物館，看著毓美替我帶回來的那件褲子，想著小保說過的話。

從小到大，我或許可以因為靠著努力考試的成績而獲得自信，可以因為自己蒐集牛仔褲產生成就感，但唯獨面對愛情，我缺乏這樣的冒險勇氣。

明輝和小保的蒐集癖好各有其因，或許我蒐集牛仔褲，覺得牛仔褲可以讓自己感染著牛仔的拓荒精神，正是因為在面對愛情時，我缺乏這樣的冒險性格與自信。於是，只好不斷地蒐集類似的感覺，填補著這一個缺口。

第二天下午，我到小保家還他CD時，總覺得他的房間怪怪的，我正在想的時候，他開口：「晚上我跟我女朋友要去看電影，你跟毓美要不要一起來？我待會兒也會傳真問明輝和他女友，要不要去。」

「你說的『女友』，」我小心翼翼地問：「不會是倫倫吧？」

小保深深地吸了一口氣：「當然不是。我今天早上找過倫倫，一切都沒事了。」我「喔」了一聲便不敢再多問。約好時間，我下了他的公寓時才恍然驚覺，小保的房間怪怪的，原來是因為所有的酒井法子海報，都不見了。

面對愛情的冒險性格，讓小保終於還是走出這一步，我相信，從今以後他會知道珍惜現在這個女友。

回到家，我打了電話給毓美，邀請她一起和大伙去看電影，她很興奮地答應了。「當然好，我已經一整天都沒見到你囉，紅標男孩！」

我笑起來，覺得很溫暖。

緊緊握住電話的我，幾乎以為就要握到她的手了。

我準備等一下去接她時，就要告訴她，我真的、真的很喜歡她。

吸血公園

我做夢也想不到，在我十六歲生日的這一天，總有許多怪奇念頭的阿婆，把蛋糕藏了起來，卻送給我另外一個天大的禮物。我有了一個哥哥。

1

我從小就認為整個宇宙除了地球以外，根本沒有其他生命的存在。

無論以任何形式組成的本體都沒有。包括細菌這種東西。

一片槁木死灰才是正常的。

地球只不過是一個意外罷了。

孤零零的，日復一日載著地表與海洋裡的各種生命自轉與公轉。

人類企圖運用各種方式直接或間接登陸其他星球，並且判定什麼地方曾經擁有過水或空氣等等生命的跡象，只不過希望能夠證明地球真的不是浩瀚宇宙中唯一具有生命的地方。一定有個什麼東西，在某種難以想像的星球上以一種超乎定義的

「活的方式」存在著吧。他們也在尋找我們。
為什麼要費盡心力去證明別人的存在呢？
在我看來，這只不過是藉以安慰自己並不孤單的說辭罷了。
所謂的宇宙就是無邊無際的黑。偶爾出現一顆如太陽這樣會發亮的巨大恆星，吸引著行星圍繞起來。然而不同於地球，在每一顆星球上和星球外，一切都是死寂地進行著。如同一個人沒有靈魂、沒有夢境也沒有情緒，不斷沉睡著，直到睡和醒這兩件事也失去了差別。
我就是那個不小心摩擦出生命的地球。
從小就以這種感覺成長。
沒有朋友，沒有爸媽，更沒有兄弟姊妹。
我沒有見過我爸。而我媽在我小學三年級的時候跟人跑了。
一切與我有所聯結的人際關係，都跟我無關似地在周邊飄蕩著。我看得見他們，而沒有生命的他們自然無法感受到我的存在。
孤零零的，日復一日載著我和我的影子繞著寂寞自轉與公轉。
除了一個人以外。
那是我喚作「阿婆」的外婆。
她是我有意識以來，唯一可以觸摸得到的真實的親屬。

可是，當年還是小孩子的我，總認為不管我再怎麼喜歡她，而她再怎麼疼愛我，阿婆終究只是阿婆。阿婆不是朋友。

「好無聊！好無聊喔！」

有時候，我鬧起脾氣來，常在她的面前抱怨自己的孤單。

「你有阿婆陪啊，怎麼會無聊？阿婆也是啟介的朋友啊！」

雖然我確實喜歡阿婆陪我，但總會撂下一句毫無道理性可言的結論。

「不一樣！阿婆就是阿婆。」

「阿婆當然是阿婆啊，」她聽了以後，就會露出不安好心的笑容回答我：「不然阿婆總不能當啟介的女朋友吧？阿婆的胸部塌塌的，啟介不會喜歡喔！」

「什麼嘛！」

我整個人頓時羞紅了臉。

自從有一次，我播放學校合唱比賽的光碟給阿婆看時，竟不小心放錯成下載燒錄的色情片以後，阿婆每次就會故意拿這件事情來糗我。

那年阿婆六十五歲，而我是個十三歲的國一生。是個超級想交女朋友，對於性愛飽滿著好奇卻一點也不敢做出什麼踰矩事情的青澀男生。

如果沒有阿婆，我想我絕對無法長大。

她是我生命中比自己本身還更為重要的一個人。

雖然阿婆已是耳順之年，但比起同年齡的女人來說，她總是比較年輕。這除了跟她很勤勞地使用臉部保養品和定期染髮有關，最重要的原因是她保持了愉悅的心態。

她喜歡開玩笑，特別是逗我發笑。大概是發現我沒有爸媽，而且也沒跟什麼同儕來往的關係吧，就扮演起了諧星的角色，希望我每天可以因此過得有趣一點。

我敢保證世界上沒幾個人的外婆，會拿孫子私藏的色情片來開玩笑。

有時候，我還真搞不懂阿婆哪裡來這麼多怪奇的念頭。比方說，她會說準備吃晚飯了，請我到廚房把電鍋裡的飯拿出來，結果，我打開電鍋時，卻詫異地發現電鍋裡根本沒有飯，而故意放了一顆柚子。阿婆早就把飯拿出來了，只是故意逗我。看到這個場面而笑得東倒西歪的我，阿婆在一旁也樂不可支。

類似的事情還很多。不過，偶爾也會有被我料到或者覺得沒那麼好笑的時候。年紀小一點時，我會不留情面地直接戳破。

「喔，阿婆，妳很無聊耶！超級冷的！」

這時候的阿婆就會顯得悵然若失。所以，後來我稍微懂事了一點，知道了什麼叫做表演以後，就會裝作一副還是好驚訝的樣子。

那時我學習到，製造皆大歡喜的場面，有時候，是一種美德。

2

我住的地方是一個高齡化的社區。

除了中年人以外，大部分都是老先生和老太太。

是比阿婆還要老上許多的老人家。每當他們其中有人不幸過世時，家屬就會在社區中央的那一塊四方形公園搭靈堂辦喪事。

雖然說是公園，但其實花草少得可憐，只是一塊水泥地罷了。水泥地的空間設計不良，平常除了能提供給一些小孩子玩耍之外，也不能當作停車場。幾乎讓我懷疑，從一開始它存在的目的，就是給居民輪流辦喪事。

這兩年，社區裡的老人過世得特別多。有一次，恰好有兩家人同時辦喪事，只好把公園切割成兩半。兩邊的誦經聲混成一團就算了，不明白的親戚跑錯場子，竟然連葬儀社也糊塗到跑錯靈堂，差點載錯棺木燒錯人。

所以我從小就對這塊不吉利的水泥空地沒有好感。

在我心裡給它取了個名字，叫做「吸血公園」。

我相信在吸血公園的地底下，肯定潛伏了一隻超級大的血蛭，牠會不斷地隔空吸血，置人於死地，甚至把還活著的人所僅存的快樂也慢慢搾乾。

說不定我正是因為如此，才變得那麼的孤獨。

每次看見吸血公園又搭起靈堂，社區裡又有人過世時，我雖然和那些老人家不太熟稔，但總會非常難過。

我不是難過他們，而是難過阿婆。因為我知道，當我愈長愈大，阿婆就會愈來愈老。有一天，過世的那個人遲早將輪到她。

一直到念國中了，偶爾我還會央求要跟阿婆一起睡。

不管阿婆用什麼方式取笑我，說我長不大，我也不在乎。跟阿婆躺在同一張床上，感覺她的呼吸律動時，我常常在心底開始向上天祈禱。

「希望阿婆可以活得久一點。拜託老天爺！」

活多久呢？至少要等我到二十歲才行！

其實要是我二十歲，阿婆也不過才七十多歲而已吧。當時竟然有這麼好笑的念頭，覺得二十歲足以作為一個關卡，是件多麼了不起的事情似的。

不過，實在也是因為阿婆自己常把這件事情掛在嘴上的關係。

她常說：「真不知道啟介二十歲以後會有多帥？」

「以後就知道啦！」我回答。

「還不曉得阿婆我那時候有沒有福份看到呢。」

「沒問題的！」我拍胸脯保證。

當然囉，因為我常常拜託老天爺的嘛。

對於二十歲那麼看重的另外一個原因是來自於隔壁的大哥哥。因為越區就讀的關係，和我同年紀的同學都在另外一個區里。

在我住的地方，沒有跟我同年紀的少年。社區裡最接近我年齡的，是隔壁住著的一個二十歲的大哥哥。可是，二十歲的男生打心底就瞧不起十三歲乳臭未乾的少年。所以，他跟我可說是毫無交集。只是每次看到他，我都心生羨慕。

原來二十歲的是可以這麼帥氣的啊。

對，是帥氣而不是帥。

對我來說這差別在於帥氣是一種散發出來的氣質，而不僅僅只是臉孔好看與否的問題。老實說，我覺得我也還不差，所以常暗自期望著當我二十歲的時候「有機會」可以變成他那個模樣。雖然，我其實一點也不了解他的生活，也不清楚他是個怎麼樣的人。

不過反正只是想想罷了。沒有什麼朋友的我偶爾會幻想，倘若有一個這樣的哥哥，會是什麼情況呢？彼此是親人了，應該至少不會像我和他現在這樣陌生吧。也許我們偶爾會打架，但也會聊天；可以一起陪阿婆吃飯，也能夠結伴去游泳。我換氣技巧不太好，哥哥一定比弟弟厲害，要是我快淹死了，他會拯救我。我們甚至會一起分擔買A片的錢嗎？畢竟一個人買還真不划算。

我不知道。我不知道擁有哥哥的感覺是什麼。

十六歲生日那天，阿婆為我慶生。

那年我剛升上高中。

成為高中生，彷彿等於距離成人的門檻更近了。

我們全家都因此處在一股興奮的情緒裡。雖然所謂的全家，也不過指的是我跟阿婆兩個人而已。那天晚上，在吃過晚飯之後，阿婆照例端出生日蛋糕來。蛋糕的盒子尚未取下，我忽然感覺到了一絲絲的不尋常。

「打開來啊！啟介。」

被阿婆這麼一催促，我更覺得詭異了。

果然，在我掀開蛋糕盒子的剎那，整個人頓時傻住。

「這……這是什麼？」

裡面沒有蛋糕，只有兩個紅包袋。接著，我拿起上面的那一個紅包袋，從裡面抽出一張小卡片，上面寫著：「請憑此兌換。」

我拿起這張卡片，對著阿婆晃了晃。我沒有開口說話，但表情上透露著，阿婆，妳這次又在搞什麼鬼啊？阿婆跟我默契十足，也明白我的意思。她指著蛋糕盒裡的另外一個紅包袋，以眼神示意我快打開另外一個來。

於是，我拿起另外一個紅包袋。抽出來的又是一張小卡片。但，這張卡片上沒有寫字，只有畫了一個圓圓的時鐘，指針上標示出九點半。時鐘畫得非常醜，一看就是阿婆的筆跡，我忍不住竊笑。

「這個意思是九點半，才能跟妳兌換蛋糕嗎？」我笑著問阿婆。

「時間是九點半沒錯，但，並不是跟我。」阿婆神祕兮兮地說。

「不是跟妳，那是跟誰？」

「現在才九點十分哪。」阿婆指著牆上的時鐘，正經八百地說：「你還必須等待二十分鐘。別那麼沉不住氣。」

「什麼嘛！」我抱怨：「生日應該就是壽星最大耶！況且今天是我變成高中生的第一個生日，應該迫不及待慶生才對啊。」

縱使我如何跟阿婆撒嬌，她依然不為所動，居然還打起了毛線衣來。

好不容易，終於熬到九點半。

「蛋糕可以拿出來了吧？」我問。

「等一等，誰說有蛋糕啦？我從頭到尾都沒說，那張卡片兌換的東西是蛋糕啊！不是嗎？」

確實阿婆沒說，而卡片上也沒寫。

「那現在是要怎麼辦？」

看著自己很認真地拿著卡片，真是又好氣又好笑。

忽然間，門鈴響起。我嚇了一跳。

「去開門。去跟他兌換吧。」阿婆說。

我愣著，沒有動作。

「啟介怎麼傻呼呼的？快去啊！」

我半信半疑地走向大門，打開來，看見門外站著一個端著蛋糕的男生。

確切地說，是個二十歲的男生。

不會錯的，我敢大膽地判定他就是二十歲。不多也不少。我對二十歲的男生有特殊的感應力。

當時的我，腦袋一片淨空，彷彿是電腦被下了程式指令似的，就真的把手上的兌換卡交給了門口的二十歲男生。然後，他便端著蛋糕踏進門來，用他低沉的嗓音，對我說了一聲：「生日快樂！」

我做夢也想不到，在我十六歲生日的這一天，總有許多怪奇念頭的阿婆，把蛋糕藏了起來，卻送給我另外一個天大的禮物。

我有了一個哥哥。

3

我就這麼莫名其妙忽然多出了一個哥哥來。

搞了半天才知道，原來，他是我媽跟前夫生下的孩子。

我從來不知道原來在這個家庭以前，她還有一段婚姻；原來，我那從未謀面的爸爸，也算是她跟人跑了的對象裡的其中之一。

不過，這些歷史一點也不重要。反正，他們早就從我生命中退場了。

重點是我有了一個哥哥。二十歲的哥哥。

所以我一點也不想追究，為什麼阿婆從未提過這些往事。倒是她自己主動告訴我，這個名字叫做治修的哥哥，因為考了插大，轉到台北的大學來念，學校離我們家近，所以就請他搬進來，恰好也可以跟我作伴。

阿婆明白我的孤單。我打從心底感謝她。平常只是耍些小把戲的阿婆，竟然可以為我變出一個哥哥來，真是太不可思議了。

「還有什麼是妳變不出來的呢？阿婆？」

這一晚，我又鑽進阿婆的床上跟她一起睡覺。

「傻瓜。阿婆變不出來的東西可多得很。」

「比如說什麼？」

「比如阿婆就變不出一個永遠的阿婆啊。」

「這什麼句子嘛？」

「永遠的阿婆才能永遠地陪在啟介身邊，保護著你啊。」

聽到這番話的我，忽然間鼻頭酸了起來。

「不要亂說啦，阿婆妳會一直陪著我的。而且，我已經是高中生了，以後應該換我保護妳啦！」

我努力不讓她聽出我話裡有任何憂傷的情緒。

入睡前，我再度向老天爺祈禱。以前只祈禱一次的我，決定從今天晚上開始，同樣的話語，至少在心底要默默禱誦兩次。

可是，我漸漸貪心了。當我逐漸朝向二十歲邁進時，再也不希望阿婆只活到我二十歲而已。我希望她可以活得更久。

然而，接下來有好一段日子，我其實沒有花太多精力在想這件事情。畢竟，我忽然多了個新鮮的生活重心。從前核心的生活圈只有阿婆一個人，如今我有了這個叫做治修的哥哥。

高中生照理說都應該成群結隊地到處吃喝玩樂才對，但我本來就是個沒有朋友的人，因此同儕之間的活動，可以說跟我一點關係也沒有。

治修出現以後，好似一枚忽然靠近了另外一塊相吸的磁鐵般，我開始不知不覺地黏著他。
在治修的身旁，我獲得一股前所未有的，相伴感。那跟我在阿婆身旁所感覺到的安全感不同。
我不清楚為什麼，總之很神奇的，在他的身旁，我的孤寂感就消失了。或許是因為我跟他擁有同樣的一個母親吧。我們有著類似的背景，相仿的情緒，在我們的血液裡，潺流著比別人更多的敏感、不安與憂傷。
和我一起朝夕相處的治修，可以說是一個相當「稱職」的哥哥，讓人感覺到的態度以及他所做出來的行為，皆是不多也不少。
我承認，他「幾乎」百分之八十都符合了我理想中一個二十歲男生的樣子，也滿足我從小就想要一個哥哥的渴望，但是，總覺得在他身上就是少了些什麼的東西。好像電腦上那種互動式的網路介面，雖然說是互動，但如果你不點滑鼠，它就不會運作；點了，倒也會完成階段性的動作。
治修並不冷漠，他會陪我聊天，但不會主動開啟聊天的話題。我從來也就是自轉在自己的宇宙裡，這下子竟然因為他而變得外向了。
在飯桌上，我對阿婆的稱讚，如今常是為了治修。
「阿婆今天蒸的魚很好吃喔！」阿婆的謝謝都還沒說完，我就轉而問治修：「哥，你喜歡吃蒸魚還是煎魚啊？」

當面叫治修的時候，我喜歡直接叫他哥。雖然第一次叫出口時，彼此都覺得有點尷尬，不過既然他沒反對過，我就順理成章這樣叫了下去。

「比較喜歡蒸魚吧，清爽一點啊。」他回答。

「嗯。不過煎魚上面那層酥脆的皮，雖然很不健康，但真的很難抗拒啊！」

「那也是……」

我們的對話，往往停在他說出「那也是」就結束了。

又比方一起看電視的時候，我也會主動開啟話題。

「主持人今天看起來怎麼那麼疲憊？」

「可能身體不太舒服吧。」

「那也是……」

有一天半夜，我肚子餓，到廚房找充飢的東西時，看見治修的房間裡還亮著微弱的燈。我敲了敲門，打算問他要不要吃水餃，就順便幫他煮一份。可是過了很久，他才開門。當我看見他通紅的臉，有點上氣接不到下氣地問我怎麼了，然後又瞥見他桌上沒藏好的光碟片時，我尷尬地知道，我打擾了他。

他不餓，我沒為他煮水餃。不過，回到房間以後的我，突發奇想，決定翻出抽屜裡的A片，大膽地又去了他房間。

「你是跟哪個網站買的？」我問他。

「啊？」他裝傻。

「片子啊。」我指著電腦。

剛才桌上那些混亂的光碟片已經不見了。

「喔……」

這一聲「喔」其實已是心照不宣。

「這些是上星期才買的，你的應該沒那麼新吧？」我問。

「嗯。」

大概我讓他很尷尬吧，他只能簡短回答我。最後，我終於說出了早已練習很久的台詞。

「以後我們可以一起合買啊，這樣比較省錢。好不好？」

他緩緩點頭：「喔……那也是。」

那也是。

話題結束。

我後來有點後悔做了這件事。

誰也知道在房間裡看這些A片是為了幹嘛，總不是寫研究報告吧。我擔心他其實不習慣把性這件事攤開來說。我猜想，大概有好幾天他都因此禁慾了吧。

幾天之後，我找治修去游泳。

治修的身材比例很勻稱完美。看著他穿起泳褲的樣子，我覺得所有池畔邊的男男女女都在注意他。我竟然驕傲了起來。

不幸的是，治修並不怎麼會游泳。比我還爛。

當我「不小心」換氣失敗，嗆到水的時候，把我攙扶起來的是個長相很抱歉的救生員。

我悵然若失。

回家的路上，我不開口，他自然也是不會主動說話的。但，可能是我的臉很臭吧，這一天，地球居然換了方向轉。

「你生氣？」

他開口，很低沉的嗓音。

我詫異地看了看他，繼續保持沉默。

「還好救生員看到了。」他又說。

我不知道從哪裡來的怒氣，一時之間全湧了出來。

「可是，這種事情，應該是陪在身邊的人會先注意到啊！」

「嗯。」

「可是你沒有啊。」

「對。是我沒注意到。」

「這樣未免也太沒有一個哥哥的擔當了吧？」

「那也是。」

又是讓我啞口無言的，那也是。

然而，我很清楚，無論如何，問題都不在他；在於我。

有了一個哥哥以後，我就開始把過去對於擁有一個哥哥的想像，一股腦兒地往他的身上套。完全忽略掉了這個人的內在性格。

我恐怕只是想從治修的身上獲得自我的完成吧。

晚上睡覺時，我回想著白天和我一起去游泳的治修。

我注意到治修的身材雖然很完美，但他的身上有不少的瘀青和傷口。

我本來以為，那只是之前不小心傷到的，可是後來還有機會跟他再去游泳和泡湯時，我發覺他身上的瘀青和傷口從未消失。只不過有時候多，有時候少，或者更換了新的位置。

有一天，我終於忍不住問了他。

他聳聳肩回答我：「從小就是這樣。」

「可是，碰到或傷到的時候，難道都不知道嗎？」

「有的時候知道。」

他好像不太願意說的樣子。

「一痛，就會馬上知道吧？那麼就算受傷了，也不至於太嚴重啊？」

他思索一番才開口：「嗯，那也是。」

是什麼啊？顯然他並不太在意身上的那些瘀傷。

治修不算是個粗心的人，但是手腳卻常會出現那些連他自己都不知道從何而來的傷痕，這點始終讓我感到納悶。

但無論怎麼說，那畢竟是他的身體。他自己要是覺得OK的話，別人再怎麼好奇或擔心也顯得多餘。

4

日子就這麼過著，好像有些改變了，但其實也沒什麼太大的起伏。

治修念了研究所，而我則上了大學。很快的，自己也將要成為過去那種總是投以羨慕眼光的二十歲男生。

唯有阿婆的改變比較大。這幾年，她明顯地老化得特別多。

起初發現阿婆腦筋不太行的時候，說真的，我並不當一回事。

我很自然地想，她年紀大了，記性本來就會不好。

當她會做出一些奇怪的行為時，我也不以為意。因為打從我小時候開始，她就喜歡逗我開心。為了營造趣味，把該是這樣做的程序搞成那樣；把應該放在這裡的東西故意擺在另外的地方；將很多東西藏起來，要我去尋寶。這些她非常擅長而我也甘之如飴的部份，多年來，是增進我們之間情感的遊戲。

可是，當我的世界不是只有阿婆的時候，也忽略了她細微的改變。

那一晚，治修在半夜叫我起床。我半夢半醒地被沉默地他牽去飯廳時，赫然發現半夜三點，阿婆竟然趴在飯桌上，一直痛苦的呻吟著：「好撐！好撐！」把我給嚇了一大跳。餐桌上杯盤狼藉，滿滿的一桌吃不完的菜。我跟治修完全不知道阿婆為什麼要在半夜起來煮一桌菜，又竟試圖要把它們全部吃完？

在急診室裡，經過醫生處理後，稍微舒服一點的阿婆告訴護士，她一整天都沒吃飯，所以在半夜起來煮飯。沒想到吃個東西，竟搞成這樣子。

我跟治修兩人聽了面面相覷。因為這天晚上，我們才帶她去君悅飯店吃了一頓豐盛的歐式自助餐呢。很少到外頭餐廳吃飯的阿婆，當時吃得非常開心，也吃了好多東西，但沒想到竟然因為這一晚沒有在家裡用餐，就忘記吃過飯了。

阿婆罹患了老年癡呆症。

醫生說，七十多歲的年紀就患了癡呆症，確實算太早了點。不過，生病這種事情，本來就說不準的，沒什麼道理可言，想來就會來的。

講完了以後他特別重複了最後一句話：「想來就會來的呀！」不痛不癢的語氣，

還加上了一個輕浮的語尾詞，好像只是在說忽然下了場雨似的自然現象。
那是我活到這麼大，第一次有想揮拳揍人的念頭。
一個東西壞了，就會發現其他的東西也跟著壞。
我居住的這個高齡化社區，治安跟阿婆的腦袋一樣，愈來愈糟糕。
很多流氓跟不良少年開始在附近出沒，闖空門和群架的事情，時有耳聞。社區裡比較多老人，很多金光黨的還會來動這些老人家的主意，把他們僅剩的一些存款騙光光。不想花時間慢慢誘導、騙錢的流氓，乾脆把落單的老人拳打腳踢一番，看能搶走多少錢就算多少。
從前阿婆習慣每天都會在社區裡走走，在吸血公園裡跟老鄰居聊天，但自從她開始健忘，而社區治安也愈來愈不好以後，我便開始盡量避免她一個人出門。我跟治修說好，誰在家的時候，就輪流陪她出門。但說實在的，我們兩個人都很忙，能在家的時間實在不多，多半也只好麻煩社區鄰居或門哨的幫忙。
就在我二十歲生日即將到來前的某一晚，回到家，看見家裡空無一人，不祥的預感立刻浮現。
這時候，阿婆應該是在家的，治修也應該在才對。他答應我今天沒事，會在家看著阿婆的。結果，兩個人都不在。
我打手機給治修，但沒接通。不斷地打，也不斷地留言。雖然變得愈來愈焦躁，但我仍努力說服自己，是治修帶阿婆出門了，很快就會回來。

終於，治修回家了。但，只有他一個人。

「阿婆呢？」我急忙問他。

「在房間睡覺。她今天說很累，很早就想睡了。」

「她不在房間裡！」

治修聽了，瞪大眼睛。

我們開始出門尋找阿婆，也發動社區裡的鄰居幫忙。根據左鄰右舍提供的線索，阿婆最後出現的地方是在吸血公園。然後，就再也沒有人見到她了。

我做夢也沒料到會發生這種事。過去我始終擔心阿婆的辭世，我害怕在吸血公園替她辦喪事的那天到來，但，怎麼也沒想到最後她竟然會憑空消失。

阿婆再也沒有出現了。

吸血公園把阿婆給吸走了。

阿婆陪著我一起共度了十九個寒暑，終究還是無法見證，我的二十歲。

5

我對吸血公園這地方的反感比往昔更強烈了。

然而，被吸血公園綁椿著，一起被我反感的，還有曾經我如此感謝憑空獲得的哥哥——治修。

我無法諒解治修已經答應了我，那一天會在家看著阿婆，可是卻跑出門。如果他不出門，阿婆不會失蹤。是治修的疏失，讓阿婆不見的。

雖然治修也很難過，不斷說他以為阿婆睡得很熟，因為朋友臨時經過附近找他喝個飲料，他才出門。沒想到不出半小時，就發生了狀況。可是，無論治修再怎麼解釋，我還是無法不怪罪他。

那不見的人，可是從小陪著我日復一日繞著寂寞旋轉的阿婆啊。他怎麼可以這樣把我的阿婆給搞丟了呢？

每次想到這裡，我就會忍不住走進阿婆的房間，整個人倒在阿婆的床上哭起來。果然整個宇宙除了地球以外，根本沒有其他生命的存在。連老天爺這種東西都沒有。曾經那些我默默向老天爺祈禱「一定要讓阿婆活得久一點」的話，完全沒有任何用處！

我對治修的態度，開始變得非常冷淡。

已經沒有辦法再對這個人有好感了，對他的心結也愈來愈深。彷彿只要一看見他的臉，就會覺得是他害了阿婆。

我失去了阿婆，同時，也等於失去了這個哥哥。

半年過去了，阿婆是生是死，始終沒有人知道。

忽然失去曾經那麼在乎的兩個生命重心，這打擊對我來說非同小可。

我困陷在孤獨與沮喪中，對生活裡所有的一切都沒了興趣。彷彿是想測試自己能爛到什麼程度似的，毫不在乎地把自己往某個「爛的深淵」裡丟下去。

諷刺的是，過去只活在自己世界裡沒什麼朋友的我，現在卻忽然交到了一群朋友。只是這些全是出沒電玩店、賭場和夜店的族群。

跟著他們，以前不曾做過的事情全會了。我們這群人，每天最重要的事情只有一件，就是想著明天還能如何繼續痲痺自己，能怎麼墮落就怎麼墮落。

我完全變了另外一個人。

成績爛得一塌糊塗，蹺課的頻率愈來愈高，不回家的時候也愈來愈多。最高記錄是一個月都沒回去。我不想回到那個充滿太多回憶的地方，不想看見吸血公園，也不想見到治修。

然而，墮落也是需要本錢的。我只好跟著那群很爛的朋友，去一些奇怪的地方打零工。換來換去的，我們總嫌錢少。最後，在一間電玩店，在朋友的教唆下竟跟著對方幹起了把營收給捲走的勾當來。

當神通廣大的黑道找上門來時，我才知道事情的嚴重。

他們來的那一天，我不在家。第二天，治修轉告我。

「昨天有兩個人找上門，說要討錢。我騙他們這裡沒這個人。不過他們一定不會相信，還會再來的。」

我看了看他，不語。

「你現在到底在做什麼？」他問我。

「我一直都在想。」

「想什麼？」

「想你為什麼要害阿婆走失。」

治修整個人垮了下來，滿臉愧疚。

「我的事情你不必管。」我告訴他。

「他們找上門來，你會有危險的。」

「你是為自己害怕吧？你怕他們找上門，如果我不在，最後你會被牽扯進來，對吧？」

「我不是這個意思。」

「如果你害怕，你可以離開。畢竟，你本來就不是住這裡的！」

治修的臉上閃過一抹錯愕。

他淡淡地回答我：「嗯，那也是……你說得對。」

治修說，他現在開始找房子，一個月後離開。

是我把話說得太重了嗎？那一刻，我看見他的表情，開始思考也許我不是真的那麼希望他走。我只是需要一個情緒的出口。

幾天後，討債的他們果然再度上門。

半夜兩點半，在睡夢之中，我被急促狂叫的門鈴給吵醒。大門一開，兩個手上握著刀棍的小混混就闖進來，手腳亂揮地先把客廳裡給搗亂。

「給個時間吧你！什麼時候把錢補齊？」其中一個人開口。

「幫幫忙，我們也是聽命行事。錢要到了，我們才能交差了事，」另一個人說：「要不到，大家就只好難看了。」

「我現在手邊只剩一千塊。」

我把錢掏出來給他們，並且告訴他們，事實上所有的錢，都在另外一個人身上。因為他說，點子是他想的，所以錢歸他，只給了我六、七千塊罷了。

「我可以想辦法先還我拿走的六、七千塊。」

「這我們可不管。你們怎麼分帳的，不干我們的事。我們老大要看到的只是完整的數字。老大要我們來找你，你就得負責吐出來。這是一直線的邏輯，你懂吧？你、我們、老大，明天或後天？就這麼簡單。」

一點也不簡單。我哪來的錢？雖然總額不過是十幾萬而已，但對於還是學生的我來說，怎麼可能在一、兩天之內，獨自湊齊歸還呢？

我沉默著不知道還能說什麼。

這時候，其中一人忽然轉到我身後，雙手一用力就將我給架起來。另外一個人則拿出手上亮晃晃的利刃，接近我。

即使沒有移動，我也已經滿身大汗了。

我低下目光，看著他將刀子貼在我的脖子上，用刀背輕輕滑過我的皮膚。

最後，他將刀片翻回正面，在我右臉頰上使了點氣力，刷地劃了過去。

臉頰一熱，我看不見自己的臉，卻看到地板上接住了我落下的血液。

這時候我才逐漸感覺到傷口的劇痛。

「給個時間點吧！這位同學。不然，就是另外一邊囉。」

他拿著刀子指著我的左臉。

「夠了嗎？」

忽然，我聽見了不同的聲音。

我和那兩個討債的一齊偏過頭，看見治修出現在了我們的身後。

「他已經說了，大部分的錢都在另外一個人的身上，也願意先還你們他拿走的錢，這樣還不行嗎？」

治修的手上拿了一疊千元鈔票，告訴他們，這是我的部份。其餘的，請去找另外出點子的那個人。

不過，那兩個人當然不可能就此善罷干休。

「請你們不要再拿刀子傷害他。」治修對他們說。

結果，拿著刀子的那一位走向治修，不懷好意地笑起來說：

「那就只好來傷害你囉？」

「你很愛多管閒事！不用管我的事！你滾！」我大喊。

其實，我是為治修擔心，不希望他受傷，但，治修卻動也不動。

沒想到，就在那個混混把刀子貼向治修的手臂時，治修非但沒有逃開，竟然還一手握住那個人手上持著的刀，往自己的手臂上用力地劃過去。

鮮血頓時從治修的手上冒出。

那個混混大概沒料到是這樣的發展，也被嚇到了，手一鬆，刀子落在治修的手上。我以為治修會反過來拿著刀子恫嚇他們，但他卻把刀子往自己另外一隻手臂上，又劃下一刀。

「有種來比啊。如果是我叫痛，錢，明天全部湊齊；但是如果是你叫痛，那麼從此以後就沒有欠錢這件事情。」

治修語畢，忽然把自己的上衣給脫掉。

接著，一件不可置信的事情發生了。

我不敢相信，治修就這樣拿著刀子在我們的面前，往他那美好的身體上一刀又一刀地切劃。

一刀，兩刀，三刀，四刀，五刀……他已經滿身鮮血了，臉上竟然完全沒有痛苦的表情。不只我，那兩個討債的混混也整個嚇傻了。

接著，治修把褲子也脫了。只穿著內褲的他，拿著刀子，開始往自己的大腿上劃下第一刀。就在他對著混混們笑起來的剎那，濃紅的鮮血也頓時湧出。

他拿起刀子，準備再劃下一刀。

「夠了！停！你這個變態！你是被鬼附身嗎？」

其中一個混混好像精神上受到很大的驚嚇，大叫起來。

最後，他們連治修拿出來的那疊鈔票都沒拿，就落荒而逃。

6

血淋淋的治修看起來確實非常驚悚。

我其實也被嚇呆了，不知道他為什麼這樣，更不明白他怎麼眉頭皺也不皺，好像那不是他的身體。

看見我一臉鐵青的模樣，治修拿著毛巾一邊吸血一邊說：

「放心，只要不是用刺的，都死不了。」

我看著他身上那些傷口，想起第一次跟他去游泳的時候，就注意到他身上的瘀青和傷疤。原來是這樣留下來的嗎？真是太詭異了。

雖然治修說，他只要把血止住就好，但我還是非常堅持必須要他敷藥。在我幫他消毒上藥的過程中，他居然也不喊痛。我光是看，就覺得快要痛死。

「為什麼要這樣？」

我的聲音壓得很低、很低，都快愧疚得遁到地下去了。

「效果達到了就好。」他回答。

「之前你身上那些瘀傷也是自殘而來的嗎？」

「我沒有自殘傾向喔，別誤會了。之前那些都是不小心就受傷的，今天是突發奇想，決定善用一下這個特殊才能的。」他無奈地笑了笑。

「特殊才能？」

「我有不怕痛的本領。」

「那是什麼？」

「我從小就不知疼痛為何物，可以感受冷熱，當刀子劃過去的時候也有感覺，但純粹只是觸覺，而不是痛覺。所以我常常受傷都不知道。一天到晚，大小傷不斷，常常事後才發現身上有瘀傷跟刀傷。以前還常咬到舌頭，直到食物上沾到了血，才發現舌尖差點都要被我咬下一角了。」

「怎麼回事？」

「國內的醫院也搞不清楚，說是我神經傳導有問題。前兩年，我去國外檢查過，發現是一個叫做SCN9A的基因突變了。這個基因的排列會製造一種蛋白質，是個專門反應痛覺的神經細胞，一個痛覺受器的開關。簡單來說，在我的身上，這個基因出了點問題，它隨時都保持著一種關閉的狀態，所以，腦部無法接收到脊髓傳遞出來的痛的訊息。」

「記得以前問過你，當時你怎麼不跟我說？」

「我也不知道。其實也滿矛盾的，總覺得跟別人不太一樣，畢竟總是怪怪的一件事情。」

「有什麼怪的，你這樣的人，廟裡常見到啊！」我揶揄他：「你基本上就是乩童吧，腳踏火炭也不怕了，不是嗎？原來你真的被鬼附身了。」

「那也是。」他笑起來。

他幽默地說，搞不好史上第一個乩童，其實就跟他一樣，只是基因突變的關係。不過他說，國外的醫生告訴他，據說有些人不知道為什麼自己有這樣的疼痛免疫能力，真的就去從事一些在街頭或馬戲團裡玩命絕技的演出。

「啟介，這是遺傳的喲。」治修說。

「可是我沒有。」

「我知道。」

「但你知道，阿婆也是這樣嗎？」

「啊？我不知道。」我很意外。

「是有什麼樣的遺傳規則，醫生也不清楚，但是我知道一個家族當中，會有幾個人同時基因突變。阿婆也跟我一樣。」

「真神奇。」

我繼續幫治修敷藥。看見他把自己搞成這樣，我好難過。

「謝謝你。還有，阿婆的事情，很對不起。」我開口，帶著哽咽的語氣。

「阿婆的事情，我真的也很抱歉跟難過。」

「你覺得阿婆離開公園以後去了哪裡？」我忽然問他。

「不知道。也許她並沒有去哪裡。」

「什麼意思？」

「以前阿婆不是常跟你玩，把東西變不見的遊戲嗎？」

他忽然離題這麼問我。

「是啊。」

「很久以前，在我還沒認識你的時候，阿婆也跟我玩過。不過她只跟我玩一項遊戲，就叫做『把我們的疼痛變不見』。她喜歡故意一直捏我，然後也要我捏她，因為我們真的只有感覺而沒有痛覺，所以她就會說，你看你看，阿婆把治修的痛痛變不見囉，以後的人生就不怕痛苦了。」

「阿婆真可愛。」

我好想念阿婆。真的好想、好想。

「也許，阿婆是不想讓自己的人生太痛苦，也不想帶給我們痛苦，所以這一次，她又玩起了變不見的把戲，就把自己給變不見啦。」

聽見治修這麼詮釋阿婆的消失，我明明知道這只是種安慰自己的說法，但卻忍不住相信了。

是啊，怎麼不信呢，阿婆確實是有魔法的，否則看見我如此的孤獨，她怎麼能夠為我變出一個哥哥來呢？

「真羨慕你，能和阿婆有這樣的聯結。可惜我沒有遺傳到痛覺免疫，無法把痛變不見，這一輩子恐怕還有很多苦得吃了吧。」我無奈地笑起來。

「把你的痛苦丟給我，讓我把它們變不見，不就成了嗎？」

聽到這句話，完全沒有預期地，我竟然就當場哭了出來。連我自己都被這股無法控制的情緒給嚇了一跳。

花了好長的一段時間，終於將治修的傷口都敷完藥也貼好了紗布。治修站起來把衣褲穿上。大概因為屈著身子太久，筋骨很緊繃，他伸了個懶腰。

「哎喲。」他忽然叫出來。

「還是會痛，是嗎？」我很緊張。

「不是，是好餓喔。」

我噗哧而笑。

這麼一折騰，竟然已經是凌晨五點半了。

「去吃早餐吧？好想吃燒餅油條。」他提議。

「好。我們去吸血公園後面那間買吧！」

「吸血公園？」

「啊，這是我自己幫社區那個公園取的名字，沒告訴過別人的。」

「那待會邊吃邊解釋吧。」

我們一起在清晨的微光中，走向了吸血公園。

突如其來的一個念頭，讓我忽然牽起治修——我的哥哥，他的手。他轉過頭看看我，微笑起來，然後用他的另外一隻大手，摸了摸我的頭。

分類作業

不久的將來，哥哥會結婚，從小生活的房子將會變成哥哥和嫂嫂的家；有一天我出嫁了，先生的家永遠也是先生的家。一個女人的家，就這樣消失了。

我坐在凌亂的客廳中央，被幾個牛皮紙顏色的大紙箱包圍著，手上持著一隻筆和一本小簿子，一邊整理一邊分類，把不屬於我的東西放進紙箱裡，而暫時難以釐清歸屬對象的，則先記到簿子上。

咖啡機發出聲響，咖啡的味道占滿整個房間。

我的視線越過咖啡的香氣投射到角落裡的阿治。他背對著我，穿著一件低腰牛仔褲，露出內褲的褲頭，配著那件上回去東京時買來送他的紅色T恤，很是青春的模樣。中午炙熱的日光從窗口迤邐到阿治的身上，感覺起來卻像是從他的身上發射出來的光芒。

「妳要不要把咖啡拿起來喝了啊？一直燒，會苦的喔。」

阿治忽然開口問我。他沒有看我，連頭也沒有抬起來。

「你真的不喝一點嗎？」我問。

「不用了啦！咖啡粉不是只剩一人份的嗎？而且我喝不慣低咖啡因的。妳一個人喝就好。」他精神地說道。

我從紙箱堆中站起來，繼續看著阿治，不語。阿治發覺我沒有一點聲音跟反應，立直了身子轉過頭來狐疑地看我。他看著我，我也看著他，他浮動的眼神從困惑漸漸轉成一股同情，我故作堅強的眼神卻轉成一種悲傷。

只剩下幾聲空燒的滋聲和看不見的咖啡香，存在彼此之間。

阿治抓抓頭，笑起來：「不是說好要開開心心的嗎？」

我點點頭。走到咖啡機旁，試圖轉移話題地說：

「咖啡粉早就該買的，可是我好懶，總愛一直拖。明天我再特地去星巴克補充貨源吧。」

「那妳記得買六盎司的就好，喝不完容易潮掉。」他好心地提醒。

我的心忽然一酸，說：「嗯。一個人在短時間內要煮完一大包咖啡粉，是有點困難的。兩人份的東西本來就不合適一個人來用。」

從咖啡機的加熱器上拿起玻璃壺的時候，壺子差一點從把手上摔下來。好險我的另一隻手接得快，只是一點點的咖啡灑了出來。不過這驚險的一幕已經讓阿治看得嚇一跳，以為咖啡壺就要被打破了。

「真不好意思，那個玻璃壺的把手，上回被我弄斷以後，就應該趕快去買一個新的才對。這陣子我的課表排得好滿，總抽不出空。我明後天比較有空，可以買回來。對了，不然我連咖啡粉一起幫妳買回來吧，好不好？」

阿治似乎愧疚地想做些補償。

「沒關係，只要小心一點，還是能用的。你方便的話，幫我帶咖啡粉回來就好。其實我一個人恐怕不會用這麼大的一台咖啡機煮咖啡吧。用單人的漏斗過濾出一人份的咖啡，這樣比較省時省力。」

我把咖啡倒在杯子裡，喝了一口之後，突然又決定告訴阿治，其實他也不用幫我買咖啡粉了。他訝異地問原因，我告訴他，仔細想一想，我愛上喝咖啡是因為他啊，所以如果只剩下我一個人的話，說真的隨便喝喝那種即溶的沖泡式顆粒咖啡就好，不用這麼講究了。

住在一起的時候，許多生活消耗品如果用完了或是壞掉了，總習慣拖個幾天後才去買回來，結果到了要分別的這一天才赫然發現，那些該買的東西一直被忘記，而明天以後永遠也不需要買了。

對話結束，我手中的咖啡也已經飲盡。兩個人又各自回到方才展開對話前的位置，繼續做著剛剛做到一半的事情。

當阿治提議應該把東西分清楚的時候，我有些驚訝與難過。

分手的確是我主動提出的。一開始，錯愕的阿治試圖挽回，我雖然也很無奈，但是分手的心意卻很堅定。最後，阿治總算接受了這個事實。不過，當我請他在離開我的公寓時，記得把一些個人用品整理帶走，他卻提出不如把所有的東西都分清楚。

「一定要這樣嗎？」我問。情緒從無奈變成詫異。

「只是把個人的東西分清楚而已啦。這樣比較好，日後不會有什麼後悔或是爭議的事情發生。絕對不是沒感情喔。妳知道的，我一點都不想分手。」

阿治解釋著。他的口氣很平靜，比我還理性，這讓自以為經過很理智的思考後才提出分手的我，顯得有些尷尬。我雖然並不想要他表現出多麼依依不捨的模樣，但總覺得他應該會持續好一段時間的憂傷才對。沒想到他的情緒直接從錯愕跳到了灑脫，完全沒有預期中的那種失落。

或許一直失落的人，只有我自己而已。

總之，我們就這麼展開了一場漫長的物件分類作業。

我於是才發現，原來半年的時光可以累積出數量如此可觀的東西。

從家電用品、家具、生活必需品、裝飾品和一些現在看來實在猜不透當時幹嘛要買回來的東西，各式各樣，堆成一座座小山丘。

阿治整理的是衣服，這部份比較簡單，是男生或是女生的衣物，基本上眼睛晃過去就能分辨。至於我面對的這些東西，困難度就大大提升了。有些東西放進箱子裡，但幾分鐘之後又想起，那應該是我買的；有些東西直覺就該放在箱子外面，但看了看，最後才想到那應該是阿治的，我只是借來用用而已。

在這個分類彼此的過程中，彷彿也得把回憶從現實裡分類出來。只是，回憶本來就是兩個人的，怎麼能跟物件一樣分得清楚呢？

其實，我比阿治更不想要分手。可是，疲憊的身心讓自己已經沒有辦法繼續下去了。繼續下去，我知道對兩個人都不公平。

❄

我的感傷是被阿治的物件分類作業給觸發的，然而隨之湧來更具毀壞性的悲哀卻不是來自於阿治，而是我的媽媽。

我沒有告訴阿治，從前我也曾經做過這麼一回物件分類的作業。

幾年前，大學畢業前夕，媽媽突然過世，留下了我和哥哥。剛開始的幾天，我成天以淚洗面，奇怪的是當我跟哥哥開始處理起媽媽的後事時，一連串陌生、複雜而令人疲憊的儀式和手續，卻反而痲痹了我。我並非不感到悲傷了，只是我知道，首當其衝的要事是必須行屍走肉般地完成應該做好的事情。

就在所有的後事都處理完的某一天，我待在家裡打掃媽媽的房間時，在葬禮過程裡給予諸多幫忙的阿姨來訪。她見到我正在打掃房間，一本正經地說：

「不用打掃妳媽媽的房間了。」

「為什麼？」我問。

「這些東西必須全部丟掉。」

「丟掉？這些是媽媽的東西。」我詫異。

「我們家裡傳統的習俗，如果有突然生病過世的人，那麼他生前所使用過的遺物，都必須在後事處理完以後的一個星期內全部丟掉。」阿姨說。

「全部丟掉？」

「全部。所以我說妳不用整理媽媽的房間了。房間裡她的個人用品，廚房裡她用的餐具，浴室裡她的牙刷和毛巾……種種之類的，全部要丟掉。把妳媽媽的東西處理掉，才能不要讓她有所牽掛，也不會把病氣遺留在家裡。還有，妳應該把家裡所有的鏡子都反過來掛。」

我沉默著，還做不出反應，阿姨便又自顧自地開口解釋：

「妳媽媽的魂魄會回來家裡的。將她的東西全部丟掉，她才知道自己已經不屬於這個世界了。把鏡子反過來，她不會發現鏡子竟然照不出自己而被嚇得魂飛魄散。懂嗎？這些道理，現在的小孩子都不懂，真是的。」

我呆呆地佇立在媽媽的房間當中，難以接受阿姨的說法。
媽媽的東西全部要丟掉嗎？媽媽是被厄運帶走的，是被迫的，可是，如果她知道我主動把她的東西全丟棄了，肯定會難過至極。就算媽媽會同意，我也不願意。媽媽走了，家裡她所留下的東西是我和她的某種聯繫。

晚上，我告訴哥哥這件事情，他的反應令我沮喪。

「如果這的確是媽媽家的習俗，那麼我們不遵守，會不會對在天上的媽媽不太好呢？我的意思是不知者無罪，不過一旦知道了，還是姑且聽之吧。」

我原本以為哥哥會百分之百站在我這邊的，沒想到他贊同阿姨的說法。

「難道不能當作媽媽只是出國遊玩，或者，去遠一點的地方買菜而已嗎？就讓家裡保持著原來的樣子，保留媽媽生活的空間。」我難過地說。

哥哥沉默了一會兒之後，說：「媽媽已經死掉了。」

哥哥不是使用「過世」這兩個字，而是「死掉」。

我愣著，感覺兩人之間突然盈滿緊繃的氣息，築成了一條堤防，若是再多說什麼情緒性的字眼，就要輕易地潰堤了。

按照阿姨和哥哥的意思，媽媽的東西是必須全部丟棄的，那麼就只需要準備一個大袋子，把東西全部扔進去就行了。然而，我始終做不到。於是就在預定要丟棄媽媽遺物的前一天夜晚，我忍不住準備了一個小箱子，背著阿姨，把一些東西刻意保留起來。

哥哥看見我，不語，但眼神卻好像不斷地在質問著我。

「這件衣服是媽媽最喜歡的，我要留下來。」我主動開口表達意見。

「這條項鍊是我考上大學那年，媽媽送我紀念品的時候，她自己買下來的另外一種款式。她經常戴的。」我解釋。

「媽媽這些東西，都還可以用，丟了可惜。」我試著說服哥哥。

哥哥最後終於搖頭說道：「這些東西很老氣，不適合妳。」

我說：「等我到達媽媽這個年紀，我就可以用了。」

「那麼，妳結婚嫁出去的時候，可得把這些東西一起帶走。」

或許哥哥的意思只是我既然準備日後要用這些東西，就應該帶著它們才行。可是，他公事公辦的口吻，卻使我有些失落。

「我會的。」我堅定地點頭。

哥哥從高中開始到大學都在外住校，念研究所的時候出國留學，去年才回國。這些日子，他跟家人的接觸少，自然和媽媽的情感沒有我和媽媽來得濃厚。所以，對於要把媽媽的東西全部丟掉，他毫無猶豫也是很自然的吧。

哥哥的這番話提醒了我，這棟公寓其實是屬於他的。

爸爸在跟媽媽離婚前買下這棟公寓，重男輕女的爸爸把房子登記在哥哥的名字之下。爸爸離開媽媽，哥哥也出國念書以後，媽媽曾經對我說，如果她有能力靠自己再買一戶公寓就會把房子登記給我，當作我的家。我告訴媽媽：「不用啦，這就是我的家啊，以後我嫁人之後也會有夫家的嘛。」媽媽拍拍我的肩，沒有多說什麼。如今，哥哥忽然說出這番話，我才赫然明白，我所謂的家已經消失。

徹徹底底消失了。那個無形的家，如今只存在於記憶裡。

不久的將來，哥哥會結婚，這棟房子將會變成哥哥和嫂嫂的家；有一天，我即使結婚了，先生的家永遠也是先生的家。媽媽不在了，有形的家亦成為哥哥的生活空間，而我也沒有「回娘家」的必要與權利了。

第二天，在阿姨和哥哥的「監督」下，我開始丟棄媽媽的東西。

阿姨準備好多超級大的環保袋，哥哥把已經打包好的東西搬到門外，至於我則蹲在地上把媽媽所有的東西，一個一個扔進袋子裡。只能靠攝影留下媽媽大部分的遺物了，我的右手持著數位相機，一邊拍攝一邊丟棄，眼淚簌簌地流個不停。即使是這麼難過的情緒當下，我還得分類媽媽的東西到不同的袋子中。有些能回收；有些易燃；或者有些是易碎品。

房間裡的東西丟完了，開始丟棄浴室裡的毛巾、杯子和牙刷。接著是客廳，以及廚房當中更多屬於媽媽的東西。

我在這個分類作業裡，感覺著每一部份的媽媽。我的手接觸它們，也接觸到時光的痕跡。要自己的女兒用這樣的方式與媽媽告別，真不是件溫柔的事。

❄

媽媽過世了好幾年，哥哥的女朋友換了幾個，都還沒有成婚，而我，也始終還沒有嫁人。和哥哥住在同一個屋簷下，卻總是有奇怪的感覺。我似乎只是寄人籬下的，每當哥哥交往了新的女友，總覺得他們可能要論及婚嫁，快接近三十歲的我也就開始打算自己的前途。我不自覺地開始注意房屋租賃的消息，或者，開始計算身邊跟自己還算親近的單身好男人，有哪些值得考慮結婚的。總之，我彷彿很沒有安全感地住在哥哥的房子裡。

半年前，我遇見了阿治。他是我們公司慣常叫來的快遞，一個七年級生。他的公司就在我們公司附近，每天下班，我到台北101樓下的美食街吃飯時，都看見他一個人在埋頭吃飯，很專注的模樣。有一天，他終於也發現了我注意他，我趕緊將頭轉開假裝沒看到他，繼續吃著我的飯，怎料，當我抬起頭來，準備再次偷瞄他的時候，竟發現他已經坐在我的旁邊。

「嘿，妳知道我吧？」他露出很陽光的微笑。

「嗯……不好意思，你是……」我佯裝不很認得他。

「快遞啊。有時候你把東西拿給總機小妹的時候，恰好會遇見我。」
「喔，對。我想起來了。」
「不介意坐在一起吃吧。」
「可以啊，不介意。」
我不介意和他坐在一起，也並不介意和他睡在一起。我當然不是這麼隨便的女人，但阿治確實吸引了我，讓我想要這麼做。過去我從未嘗試比自己年輕的男人交往，這次遇見阿治，不曉得為什麼卻興起試試看也無妨的念頭。我想，是因為阿治是一個很特別的男孩子，才二十歲就成天把「以後結婚成家啦，要那樣這樣」的話掛在嘴邊。
「你這麼年輕就想要結婚嗎？」我問。
「跟自己親愛的老婆住在兩個人的小天地，不是很好嗎？」阿治說完又補充：「嗯，對呀，你們女孩子一定會猜的。我就直接告訴你好了，我是戀家的巨蟹座喔！」
就在哥哥向我婉轉地表示，他下個月就要結婚的第二天，我告訴哥哥，我明天要搬走了。哥哥被我嚇了一跳。「需要什麼幫忙嗎？」哥哥問我，我告訴他，男朋友會來幫忙。他又問，需要帶什麼走嗎？我回答他，我所有的東西都會帶走，還有不用擔心，媽媽的那箱東西也會帶走。

「安頓好以後，打電話給我告訴我新地址，要寄喜帖給妳呢。」哥哥說。

家裡的室內電話早就停用了，搬家完成的隔天，我打哥哥的手機想告訴他新家的地址，電話那端卻說號碼已經停用。哥哥原來從沒給過我新的號碼。

我跟阿治就這麼同居在一起了。媽媽的那箱東西，搬進新居之後，就整個的塞進置物間當中。我知道它一直在那裡就好了，不需要打開來時常溫習。

同居的半年以來，我和阿治愉快地生活著，兩個人有志一同地認為即使已經同居，未來仍打算正式結婚，生個小孩，組成和樂的小家庭。可是，我始終感覺自己的「知足常樂」是漂浮在半空中的，總沒有踏實的感受。

上個月，就在我發現阿治原來還同時跟一個高中女生交往的那一晚，我和他大吵一架。吵完架之後，我忽然間牙痛起來。

「應該是心痛的，怎麼變成牙痛。」我在阿治面前無奈地抱怨。

阿治一派陽光少年的樣子，撒嬌地說：「可見妳對人家太兇了啦，說了太多罵我的話，把牙齒給搞壞了吧。妳不要再生我的氣，很快就不疼囉。」

第二天，對阿治的氣未消，牙依舊疼。去醫院看診回來之後，我的口腔開始沒來由地出血，甚至有些部位還有麻木的傾向。我不願意做任何推測，但其實只是欺騙自己而已。在我心底當然很知道大約是怎麼一回事。隔日，我立刻趕去醫院。醫生當場不能或者不敢輕易判斷結果，只是建議我徹底檢查，不要多想，只要平心靜氣等候報告就好。

平心靜氣。這四個字出現在電腦螢幕上的速度，跟鍵入任何一組詞語的速度是一模一樣的，但真正執行起來卻比任何成語都還要困難。

當晚，我回到家裡把放在置物間的那箱媽媽的遺物給翻出來。我蹲在那箱東西面前，呆呆地看著每一樣東西。阿治回來了，問我在看什麼東西。

「看一些往事。」我回答。

「你們六年級講的話，有時候還真難懂。」阿治抓抓頭。

我抬起頭來端詳他，說：「你還是跟七年級的女生交往比較好吧。」

「七年級的女生講的話又太白癡了。妳講的話雖然有時難懂，但總覺得有那麼一點智慧，怎麼說，嗯，文學性吧。對，講起話來比較文學。」

「所以光跟我講話就行了，不用去費神看書，對吧？」我苦笑。

「光講話不行啦，還要那個、那個才行。」他邪邪地笑起來，吻我。

「我們分手吧。」我忽然說。

阿治有些錯愕。我沒有告訴他，我想和他分手，除了漸漸難以忍受他以外，更重要的原因是自己的身體健康可能出現了大問題。我可能遺傳了媽媽的病。我不想讓他承擔我的痛苦。

媽媽是口腔癌過世的。發現的時候，癌細胞已經擴散到肺部，所以，媽媽其實是在一次重感冒始終無法痊癒的情況中，診斷出原來她罹患了癌症。那時我們才明白，她近年來常說口腔裡有腫塊，容易潰爛和出血，是其來有自的，並非她以為的只是假牙沒弄好，或者身體太燥熱，只要吃吃中藥就能痊癒。

媽媽從沒嚼食檳榔也不吸菸，當醫生判定她罹患癌症的時候，大家都難以接受。醫生只是淡淡地說，許多癌症是基因遺傳的問題，只要身上帶有疾病的因子，那麼病變的機會就比平常人多，有時候連營養要素缺乏所導致的口腔黏膜變化，都可能誘發癌病的發生。

雖然接受了醫院的手術、放射線跟化學藥物的合併治療，但是已經是癌症末期，醫生和媽媽自己都明白這些是徒勞無功的。媽媽決定放棄治療以後，我們接她回家，由我和哥哥以及阿姨輪流照顧她。媽媽意識還清楚的時候，我幫她洗澡，每當我看著她孱弱的身軀時，都難以相信，我和哥哥就是從這樣的一個軀體當中出來的。癌細胞況散到肺部以後，媽媽每天幾乎已經不能平躺著睡覺，只能坐著睡，當她咳嗽嚴重的時候，我得隨時起來幫忙拍拍她的背。可是，我所能做到的也就只有這些了。最後，媽媽連坐著也難以入睡，我能做到的，只剩下不在她的面前無助地大哭。

❄

這幾天，在我等候醫院診斷報告的日子裡，我起初感到十分沮喪，但後來卻覺得不那麼絕望。我突然發現，我和在另外一個世界裡的母親，能夠連結的不只是那箱分類出來的衣物而已，可能還有遺傳的病痛。

我是否也會被診斷出罹患口腔癌呢？我不知道。可是，只要我在浴室裡，看見自己的牙齦出血時，想像著媽媽當年面對診斷以後的煩惱，與我此刻的煩憂畫上了等號，彷彿就覺得不那麼孤單。我確實是從媽媽那瘦弱的身軀裡出來的。媽媽的身體也會進行分類的作業。把一些她喜歡的思想與情緒分類給我，把另一些東西，分類給哥哥。如果，她決定把病痛分類給我，我應該試著找出原因。一定有什麼原因，等待我去發掘，希望我去領悟，否則媽媽不會把病痛分類給我吧。我看著鏡子當中的自己，忍不住微笑起來。是的，我喜歡自己擁有的這些細膩而體貼的思緒，我想，媽媽對我是偏心的。

分類作業完成以後，阿治帶著他的東西離開了。

這天下午，我向公司請假，一個人去醫院看診，聽取檢查報告。

年輕的醫生笑著問我：「妳刷牙的時候，常想事情嗎？」

已經做好最壞打算的我，沒料到醫生有這樣的問話。

我想了想，回答他：「嗯。好像是這樣。」

「好吧。妳一邊刷牙一邊專注地想事情，結果牙齦經常都刷腫了也不曉得。妳刷牙的方法跟力道顯然有問題，牙刷恐怕也不乾淨。我建議妳買一隻電動牙刷，要經常更換牙刷頭。等一下到護士那邊，她會教妳正確的刷牙方式。」

我愣了一會兒才開口問醫生：「不是遺傳的口腔癌？」

醫生搖頭，說，頂多只能稱得上牙周病吧。不過既然有遺傳性的家族病史，最好還是小心一些，要注意飲食習慣，經常來檢查也是可以的。

拿著新買的電動牙刷，走回午后陽光燦燦的台北街頭。經過星巴克時，彎進去買了台新的美式咖啡機和一包咖啡粉。我愛上喝研磨咖啡雖然是因為阿治，不過，現在的我既然已經愛上了，那麼也就是我的興趣才對。即使和阿治已經分手，也沒有必要放棄習慣了的嗜好吧。

我又走進三越百貨裡買下一個新的熨斗，決定回家以後，要把媽媽那箱衣物的衣服洗滌燙熨一番，也許還不到適合穿著的年紀，不過有幾件居家的衣服，平常也可以穿一穿。

我彷彿已經被媽媽領著繞過生死關口一圈了，雖然實際上醫生根本從沒有判定我罹病，全是自我想像的過程，不過，我確實有著這樣的感覺。

我想，媽媽在我和阿治關係告終之際，分類給我一次這樣的生命體驗，想必有些什麼暗示。在回家的路途上，我坐在捷運車廂裡始終想著這件事情。

在與哥哥幾乎脫離了生活的圈子，同時結束了我和阿治半年來的同居生活以後，明天開始，便是一個人即將邁向三十歲的單身生活了。

列車繼續前行，我閉著眼睛，聞到手中捧著的紙袋，傳來陣陣的咖啡粉香氣，心情沒來由地開朗了起來。

戀戀真夏

原來我只是個愛幻想的笨蛋。幻想著離去的爸媽仍對我十分關愛；幻想著我們之間的每一句台詞。這些其實從來沒有存在過的，不是嗎？如今明白了，我只是個笨蛋，笨蛋不會有人愛。

走了。要走了。

佳子真的要走了。關於她要離開函館的消息，其實已經流傳了一陣子。

或者嚴格來說，早在佳子轉進這個班級時，所有人便知道她只是暫時住在函館就學而已。雖然光平從來也知道佳子遲早會離開的，但是，當他真的聽見這句話從她口中說出時，仍有一剎那是不能反應的。

今天，佳子終於在班會時間上親口告訴大家，這學期結束，她就要離開了。因為父親調職東京的緣故，她必須舉家搬遷。佳子說，學業部份會繼續在東京的高中延續下去。由於念的是藝術學校，倘若用功努力的話，將來或許還可以用甄試的方式申請大學相關科系。

對一般人而言，這應該是很不錯的未來吧，可是光平呆呆地望向講台黑板前的佳子，卻感覺到她向大家宣布這件事的表情，似乎跟他一樣有著不捨與無奈。

三十天以後，炎炎真夏的假期正要開始，他們卻不是生活在同一座城市了。

（妳會難過吧，佳子？我知道妳會的。妳是這麼一個有感情的女孩啊。笑一下吧，佳子。穿著白制服黑領巾的妳，很適合站在有陽光照進的黑板前耶；可是，要不悲傷的妳才棒喲。別難過了，我們一定還會再見面的吧。）

光平無言地對著佳子打氣說話。說著說著，自己卻洩氣地難過起來。

放學時，光平去停車場牽單車，準備趕回阿姨的店裡。蹲下來解開車鎖時，聽見班上兩、三個很不喜歡佳子的女同學，又開始說起一些酸溜溜的無聊的話。

「從洛杉磯來的。生活過了那樣的大城市，怎麼可能會待在北海道？」

「我要用自己的能力去東京，才不靠父母。」

「她父親被調去東京真是升職嗎？一個真正有能力的人，怎麼會被總公司任意擺布呢？一會兒到洛杉磯，一會兒在函館，現在又被調去東京。」

「東京是很墮落的地方啊，像佳子那樣的女孩，很難說不會誤入歧途。」

「是啊是啊，像佳子『那樣』洋派的女孩……」

光平聽著，心裡很不高興。不關妳們的事吧，何必說那麼難聽的話呢。就快要是高三的學生了，為什麼還那麼幼稚？他很想脫口指責她們，但終究開不了口。

鈴鈴鈴！他忽然對著擋在路口的她們，用力扳著單車上的鈴鐺，傳達不滿。

她們被嚇了一跳，散開來。或許她們會翻他一個白眼吧，然後再罵上幾句，可是，光平理都不想理，便跨上單車揚長而去了。

已經是很有經驗了，他知道一定要在四點三十分從西高校的大門騎出去，然後停在路旁。肯定在三分鐘以內，佳子會出現在班上另一位女同學有紀的單車後座上。有紀是個好人；不包括男生的話，她是班上對佳子最友善的女同學。因為這樣，每日清晨的掃除活動，拖地拖到她的座位附近時，他都特別用心努力。

看見有紀載著佳子離開學校，光平開始慢慢地跟在後頭。可不是跟蹤喔，他告訴自己，反正都是往同一個方向的，那麼為什麼不騎佳子走的這一條路呢？

有紀總會緩緩駕著單車，經過光平心目中函館最浪漫的一條路，接著，在經過電車站時將佳子放下。

他們騎過八幡坂、教會、大三坂、元町茶寮，然後從東本願寺轉向二十間坂，抵達十字街口的電車站。有時候光平懷疑，有紀大約是猜到他喜歡佳子，所以常常很講義氣地將騎車的時間故意拖長，好讓他多看一看她。

佳子的背影，於是成為了最動人的流動風景。

秋天是一身針織毛衣，雪花紛飛時是裹著深藍色的大衣，春暖花開與暑中時節，白襯衫是降落在佳子身上的皓皓白雲。

光平用佳子的身影與衣裳刻記四季流轉。

當佳子等候電車時，光平和時間的賽跑就此開始了。

幾個季節以來，光平幾乎就是這樣用單車追趕時間。所幸市營電車是那種老舊的有纜電車，爬在函館起伏的山路間，動作並不快，光平剛好可以在佳子的電車駛過函館車站前，先一步回到阿姨的店裡，等待佳子的再次出現。

「光平啊，你上了高二以後就變得怪怪的喲。」

已經說過不下十次了吧，阿姨一見到光平，便笑著對他說：

「以前，你總在下課後跑去五陵郭的鬧區蹓躂。可是自從升上高二以後，你竟然都好準時回到阿姨的店裡幫忙生意耶。」

「媽媽不在，阿姨照顧生意會很忙吧。」光平尷尬地回答。

「也還好啦，一直都有博子阿姨的鼎力支援嘛。」

博子是阿姨的好朋友。她正很專心地在他們身後洗菜。

「意思是我來幫忙，非常多餘喔？」光平故意撒嬌地說：「好，我這就走！」

「不多不多，你來幫忙生意才變好。阿姨喜歡你來幫忙嘛。」

阿姨喜歡光平，光平也喜歡她。自從爸爸出船去俄羅斯工作，媽媽一年前到東京生活之後，他和阿姨便是這座海港城市裡，唯一能夠相互倚靠的親人了。

佳子的母親在函館觀光案內所工作，就在車站隔壁。所以，每天佳子下課以後，會先來車站這邊等媽媽，再一起回去位於湯之川溫泉區的家。車站裡有一些商店書店及小吃舖，佳子在等媽媽下班的空檔，便會在這裡閒逛。

阿姨的店是一間兼賣霜淇淋的拉麵店，是佳子最常光顧的地方。

這些日子以來，除非她生病沒有上學，幾乎沒缺席。

光平一整天的重頭戲，就是等待著用他的雙手，將熱騰騰的拉麵捧到佳子眼前的短暫時光。四隻手同時接觸到那碗拉麵之際，經常令他有一種昏眩的感覺。

（拉麵碗上的熱度，有幾分是傳導自佳子妳的掌心嗎？佳子，妳感覺到的，只有拉麵的溫度嗎？要多吃一點啊，妳今天看起來心情很不錯。）

那些一直在心裡對她說的話，從來就只有他一個人聽見。

其實光平並不是一個不愛說話的人吧，但面對佳子時，他總是想太多，說太少。於是，光平站在櫃台後面，只能對佳子說出幾個單字。

「請」、「謝謝」、「別客氣」、「下次再來喔」。

佳子也總只是簡單地對他回應「謝謝」兩個字。

可是，就在她專注地對他說謝謝的瞬間，光平真的就已經感覺到了滿足。

佳子最喜歡吃阿姨煮的豚骨白湯拉麵。原本是沒有水煮蛋的，但光平都會切一粒蛋免費招待佳子。至於店裡的霜淇淋，也是佳子喜歡的，只不過，她還沒有吃過。會這麼說的緣故，是因為實際上這間光平所謂兼賣霜淇淋的拉麵店，在今天以前，根本沒有霜淇淋。

是的，霜淇淋機器是為了佳子而出現的。

大約在一個月前的某個午后，佳子與有紀來吃拉麵時，他聽到她們的談話。

「下個月是六月吧？夏天就要來了。」有紀說。

「我喜歡夏天。」佳子回應。

「夏天可以去海灘玩。」有紀很興奮地。

「夏天有煙火可以看，還有好吃的霜淇淋。可以吃到我最渴望的薰衣草和哈密瓜口味的呢！妳知道嗎？這是當我知道要來到北海道時，最期待的事。」

佳子握起雙手，露出一個滿足的微笑。

「去年沒吃過嗎？」

「剛來時也許過了夏天，也許那一陣子忙著搬家，總之，就這樣錯過了呀。今年怎麼樣都不能錯失。妳會帶我找到好吃的霜淇淋吧？」

「嗯，我會找一找。」

（佳子，好巧喲，我也喜歡吃霜淇淋耶。讓我來替妳找吧！）

光平是在那個午后，才發現自己竟然是愛吃霜淇淋的。

晚上幫忙阿姨收攤時，聽見阿姨與博子正在討論是否要開發除了拉麵以外的麵食時，光平忽然對她們說：「賣霜淇淋吧！」

「啊？」她們異口同聲，很是訝異。

「賣霜淇淋吧。」光平誇張地說：

「如果能在炎熱的夏天吃飽飯以後，來一支薰衣草或哈密瓜的霜淇淋，一定就是世界上最幸福的事了吧。」

「既然都這麼說，我們總不能破壞別人的幸福囉。」

可愛的阿姨對光平和博子認真地說著。

於是，也不知道阿姨用了什麼樣的方式，幾天後就告訴光平，他們已經擁有了一台霜淇淋機器，只是因為貨運的問題，要幾個星期以後才能送到。

「阿姨妳真的很厲害吶！」光平開心地說。

「不是我的功勞，是……」

阿姨還沒說完，光平就打斷她的話，帶著不可置信的口吻搶著說：

「該不會是爸爸從俄羅斯船運過來的吧？」

函館是一座海港，許多人都是從事海鮮漁業的。光平的爸爸正是其中的例子，跑遠洋漁業的，長年不在家。但他時常會寄一些異鄉的紀念品回來給光平。

「不是，」阿姨吞吞吐吐地說：「其實是……」

「一定是在東京的媽媽了。果然事業有成！」光平說。

光平看著阿姨，阿姨也看著他。有一、兩秒鐘的沉默吧，阿姨忽然笑起來說：

「是啊，光平很聰明。」

接下來的幾個星期，光平的生活有了重大的轉變。

等待霜淇淋機器的到來，像是一場他暗自替佳子準備的驚喜，沒有人知道的祕密。光平對佳子的心事獨白，也從每天對她說，希望她保持快樂喲、有元氣一點嘛、多吃一點等等，變成了可以吃到薰衣草、哈密瓜霜淇淋的倒數計時。

（沒關係，這次考不好，是因為考題太偏了嘛。如果妳知道，還有一個星期，妳就可以吃到全函館今夏最新鮮的霜淇淋，就應該開心了吧？）

有時候，看見佳子大約因為考試考差了，整天都鬱鬱寡歡的，光平便在心中這麼告訴她。又或者，接近霜淇淋機器來到的前幾天，每當他看見佳子徘徊在對面飲料攤位，卻不知道該買什麼麵後涼品時，他幾乎就要忍不住喊出聲來。

（嘿，佳子，再過兩天，再過兩天，妳就不必難以抉擇囉！我們這裡會有很香的薰衣草霜淇淋，很甜美多汁的哈密瓜霜淇淋喲！）

只是，光平萬萬沒有想到，好不容易終於等到霜淇淋機器的這一天，佳子卻在班上正式宣告，她要離開了。

雖然還是像往昔一樣，下課後，光平便趕回店裡等待佳子的到來，但是今天，當他佇立在霜淇淋機器之前時，原先的喜悅都被憂傷溢滿了。

如果在炎熱的夏天吃飽飯以後，沒有佳子來買一支薰衣草或哈密瓜霜淇淋，一定就是世界上最不幸的事了吧。

光平情緒低落著等待佳子，然而，從五點到八點，從熱滾滾的拉麵到鍋盆見底，佳子卻一直沒有出現。首日上檔的霜淇淋雖然仍推銷了不少支出去，但沒有一個顧客是光平想賣的人。佳子怎麼了？該不會路上發生什麼事吧？

阿姨和博子看光平悶悶不樂，又顯得相當忐忑不安，頻頻問他怎麼了，可他卻只是一直沉默著。直至收攤整理完畢，佳子都沒來。

離開車站時，光平看見人行道上賣消夜的餐車正準備架起攤位。

有一對年輕的情侶，大約也是高中生吧，相依偎著等待入座。他的目光不能移動地注視著，忽然從方才擔心與疑惑的情緒裡跌出來，心裡充塞起滿滿的難過。

是啊，不會來了。什麼，都不會來了。

佳子以及他的喜悅在這個夏天過後，就將像今晚一樣，再不會來了。

❄

東京是個繁華夢都市。充滿最新的資訊與流行時髦的男男女女，有優雅的代官山表參道，也有紙醉金迷的新宿澀谷。東京是糖也是毒。

這些是光平所了解的東京。全來自於偶像日劇。

對他這個土生土長在北海道的高校生來說，東京的距離跟紐約沒什麼兩樣。他不可能經常乘坐所費不貲的新幹線來往，更永遠無法體會首都人的生活。

光平家一直生活在北海道，在東京沒有親人。唯一去過一次東京，是中學畢業旅行時。跟著四天三夜的學校旅行團，在東京只停留了一個晚上。光平滿心期待，不幸的是那天竟忽然下起滂沱豪雨，三年來最大的。他最想去的東京鐵塔與台場，最後終於看見了，卻是在旅館中的電視節目裡。

光平對於東京的嚮往與想像，彷彿因此更加強烈與神祕了。

所以，當一年多以後阿姨告訴光平，媽媽決定在他即將升上高二前的夏天，搬離函館遠赴東京從事百貨業工作時，他竟感到欣喜若狂。

「真的？去東京工作？就是要長期住在那裡嗎？」

能在東京工作，是多麼了不起的事情啊。光平真的很以媽媽為榮。不過阿姨似乎沒有那麼高興，看見他有些反應過度，嘀嘀咕咕說：

「光平今年初夏就是高校二年生了啊。再過一年就要進入聯考備戰時期。這麼重要的階段，媽媽她應該留在這裡照顧你的；畢竟，爸爸也不在家。」

過去光平的爸爸每三個月才能回家一次，每次最多待上一星期。其餘時間，家裡就剩下媽媽、阿姨與博子。可是，隨著時日流逝，爸爸回來的頻率，寄禮物的次數，也慢慢減少了。

「爸爸生意一定是愈做愈好了，在不同的異鄉海港間忙碌著。現在，媽媽也要去大城市工作了。希望將來我也可以到外地打拚，再衣錦榮歸。」光平說。

「光平將來也打算到外地求學或工作？」阿姨試探地問。

「若是可以考上東京的大學，阿姨也會鼓勵我去那裡闖闖吧？」

「在札幌念北海道大學也不錯吧。離家比較近。」

光平話題一轉，眼睛忽然一亮，對阿姨說：

「對了！媽媽住在東京，放假時，我應該可以去那裡住吧？住上一段時間，看看自己適不適應那裡的生活步調，再決定是否去那裡念書啊。」

「光平若是真的也去東京了，就準備要把阿姨丟在這裡囉……唉，一個可憐的賣麵女。」阿姨愁著臉。

「不會啦！」光平開玩笑說：「不是一個啦！是兩個。還有博子阿姨嘛。」

阿姨直說光平可惡，搔他癢，他也反擊。兩個人最後都跌在地上笑不停。

「這樣，爸媽都不在你身邊了，你不會感到寂寞？」

阿姨趴坐在榻榻米上，輕聲地問光平。

「我明年就是高校三年級的大男生耶，應該要獨立一點吧。」他堅定地回答。

「那麼成熟？」

光平遲疑了一會兒，忍不住說：「他們，應該，都只是暫時的吧。」

阿姨摸摸他的頭，淡淡笑起來。

光平不曉得阿姨是否讀見他真正的內心。他雖然很驕傲爸爸因為工作而必須離家，可是有時候，他在深夜裡翻出爸爸寄來的越洋禮物，仍然會很思念他，很希望每天晚餐，能有爸爸陪著他一起吃飯。所以，當光平對於媽媽遠赴東京的驚喜降溫以後，慢慢地便有些矛盾充塞在心中。

關於想去媽媽那裡住的想法，直到四天後媽媽要離開時，光平才對她說。大約因為在光平的成長記憶裡，阿姨總是比爸媽跟他還要親近，所以很多事情，他都是先跟阿姨說，然後才跟爸媽說。

「媽，東京有很多國際的大型唱片行吧？」吃早餐時，光平問媽媽。

「你已經問過好多東京的事了。」她盛了一碗飯，夾起一塊醃鮭魚，說：「我還沒住到那兒，怎麼會知道那麼多關於東京的事。」

飯桌上忽然沉靜下來。阿姨與一旁的博子阿姨低頭吃飯。

「暑假，我們，可以去東京住一段時間嗎？」光平終於開口問她了。

媽媽看著光平，彷彿有什麼難言之隱。阿姨這時抬起頭來看光平。

「我住的地方，」媽說：「還不確定在……」

阿姨搶著說下去：「等到確定了以後，再討論看看什麼時候下去玩，也不嫌晚喔。是吧？」

媽媽看著阿姨，又看看光平，點點頭，臉上沒什麼特別的表情。

光平的媽媽離開函館一個星期後，光平才再次聽見她的聲音。她正在新宿車站裡，背景很嘈雜。她似乎很匆忙，光平根本還來不及問東京怎麼樣，一切好不好，她便急著要光平記下她住處的電話。妳住哪裡呢？光平搶著問，他只聽見她說池袋兩個字以後，電話便中斷了。

媽媽離開的那年夏天過後，佳子出現在了光平的眼前。

開學的第三天早晨，當班導師領著佳子走進班上時，全班立刻都對她投以特別的眼光。男生當然是對一個來自美國的美麗女孩發出讚嘆，至於女生若不是微笑迎接，就是抱著一副察言觀色的姿態。可光平都不屬於其中任何一種。光平是聽到佳子自我介紹時，才忽然對她升起心有靈犀的好感。

「雖然之前住在洛杉磯，但我們其實算是東京池袋人。」

東京池袋？原本低頭偷看小說的光平，突然抬起頭來看講台上的她。

（我媽媽正在那裡啊。池袋是個好地方嗎？）

「池袋是個好地方，尤其是對喜歡逛街的女孩子或媽媽們來說吧。因為那裡聚集著許多超大型百貨公司。」

佳子的回答令光平嚇一跳。這麼巧，彷彿她能聽見自己的心內話。

老師說，佳子原本準備是從洛杉磯回東京的，由於她父親工作的緣故，至少這一年，他們必須待在北海道，所以便決定乾脆先讓她在函館西高校就讀。說不定父親工作時間延長了，佳子就在這兒完成高校學歷。

也正是從那一個黃昏開始，佳子與有紀便來到光平阿姨的拉麵店了。

佳子是光平第一個暗戀的女孩子。雖然他從來不敢主動跟她說話，但接下來的所作所為，對他個人來說已經是空前的創舉。

為了佳子，光平下課騎車跟隨並與時間賽跑；在她吃的豚骨拉麵裡悄悄放進一粒蛋；無論她心情好壞，他總是用念力為她鼓勵與打氣。最重要的是，他還跟著佳子與有紀加入了話劇社團；雖然，他一點都不喜歡也不會演戲。

由於演技實在太爛，所以光平根本演不到重要的角色。好在分配到的小角色仍與佳子有對戲，但因為他只要一面對佳子就說不出話來，導演最後只給他一句台詞，而且竟然還是一句他不需要練習的句子。

「請。謝謝。別客氣。下次再來喔。」

沒想到，到了戲裡，光平仍是一個賣麵的小弟。

他和佳子似乎注定永遠都必須隔著一個櫃台；在店裡，也在彼此的心裡。

這一次演出以後，光平再也沒有機會跟佳子同台了。他被導演調去改編劇本，做起幕後工作。雖然光平仍時常在心中與佳子說話，但她幾乎未曾再與他單獨對話，更別說是從來都沒有過的聊天了。

❄

霜淇淋機器送抵麵店的那一天，佳子沒有出現。可是第二天，她也在學校裡缺席了。有紀告訴班導師，佳子身體不舒服，請有紀代為請假一天。

午休結束後，光平在洗手台洗臉，有紀站在他身旁。其實他很想開口問她佳子到底怎麼回事，但是話一滾到口邊，句子就模糊了：

「有紀，妳們……妳今天也不會來吃麵吧。」

有紀大概很少見光平主動開口跟她說話，顯得有點吃驚。

「我……」她竟然有些緊張。

沒等她說完，光平接著說：

「我只是要告訴妳，我們有賣薰衣草霜淇淋了，就是……」

就是佳子喜歡吃的薰衣草霜淇淋啊。有紀也不等光平說完，她就開口：

「今天可以去嘗嘗嗎？」

「喔……當然好。」雖然不是光平本意，但他仍有禮貌地答應了。

傍晚有紀來到麵店，她沒有照例吃醬油拉麵，反而點了一碗佳子愛吃的豚骨拉麵。終於，等到她吃冰的時候，光平詢問起她關於佳子的狀況。

有紀低頭吃著冰，忽然有一、兩秒鐘沒有動靜。

一下子，她才抬頭說：「佳子胃痛。昨天我本來已經放她下車了，忽然看她有異狀，趕快把單車停著，招計程車送她去診所。今天她已經好多了，只是在家休養。」

「原來是這樣。明天她應該會上學了喔？」他問。

「你喜歡佳子吧？」

「啊？」光平已經聽見了，只是很意外有紀冒出那樣一句話。

「說真的，我本來還在猜你可能喜歡我。」她突然笑出聲來：「每天，將我坐的附近拖地拖得好乾淨。下課時騎車跟著我，我放慢速度，你也放慢速度。我加入社團，你也加入。偶爾跟佳子來吃麵的時候，你對我的態度似乎也很不錯。所以我一直以為你喜歡我。直到今天，看你那麼反常地關心佳子，我才知道你不是喜歡我。」

「對不起……我……」光平不知該說些什麼。

「可是我喜歡你。」

櫃台前的她站起來。光平噤聲，看著她。

「你不用對我說什麼喔，」有紀說：「我只是表達我喜歡你，就是這樣而已。你可以不必管我，但請容許我繼續喜歡你。」

「有紀，對不起。」

「你沒有問題啊。嗯，好吧，你是有過錯的。但是，如果你以後也肯在給我的豚骨拉麵裡招待一粒水煮蛋，那我就原諒你吧。」

看著有紀強顏歡笑起來，光平也跟著笑了。這是兩抹無奈的微笑。單戀的情緒，光平明白的。他不也是這樣喜歡著佳子嗎？然而，光平畢竟不如有紀這麼勇敢。此刻，他和有紀雖然隔著櫃台，卻彷彿站在同一個國度了。

第二天，佳子終於出現在拉麵店。一個人而已。

霜淇淋機器終於等到主人的到來。當佳子知道可以吃到霜淇淋時，她開心得合不攏嘴。哈密瓜還是薰衣草口味呢？佳子似乎很難做出決定。兩個人站在機器前面，靜默的，場面忽然變得好尷尬。

（我們的哈密瓜汁甜解渴，大家都說可以養顏美容，是產自於夕張的。薰衣草可以安定神經，紓緩情緒，來自於富良野。兩種都好吃喔！）

「兩種都吃吧！」佳子突然開口。

像雨過天青的明朗陽光，光平忍不住笑起來，讓一圈又一圈紫色的薰衣草霜淇淋，緩緩睡臥在手上持著的餅乾筒上。

繞啊繞，每迴旋一圈，他都不斷堆積起佳子在記憶中的印象。啊，完美，收尾拉拔出了堅挺的尖錐，愛神殿堂的屋脊。

最後，光平將霜淇淋送到佳子眼前，用著元氣飽滿的聲音說：「請。」

「謝謝。」她笑著。

「別客氣，下次再來！」

光平看著佳子舔起霜淇淋時，體內突然躁熱起來。臉上一片紅熱，他不好意思地偏過頭去，再次回首時佳子已遠走。

就這樣又過了半個月，離暑假到來只剩下十幾天。每日，除了在學校以及吃拉麵的時候以外，光平和佳子對話的領域就是她買霜淇淋的時刻。默默猜她今天想吃哈密瓜或者薰衣草口味，猜對或猜錯，成為光平的樂趣。

「你還要沉默多久？」

終於有一天，有紀跟著佳子來麵店時，見到光平半個月來對佳子的態度仍一如過往，忍不住在佳子先行離去時對他這麼說道。

「她就要離開了。你再不表白，會遺憾的。」

「表不表白，她終究是要離開的。沒有差別吧。」光平說。

「說不定你們會因此繼續聯絡下去啊。雖然相隔兩地，但用網路跟聊天軟體聯絡下去，也許就交往起來了也不一定呀。」

「算了，不表白就永遠不會被拒絕。佳子不會喜歡我的。」

「拒絕別人又害怕被人拒絕，真是太差勁了。」

有紀意有所指地撂下這句話。光平意外而沉默地看著她。

有紀從今以後，對於光平和佳子的關係竟變得熱心與積極起來。幾天後，她告訴光平，佳子邀請她在這個暑假去東京玩。她見他反應不足，接下去問：

「你在東京有親人嗎？你有可能來東京嗎？」

光平的思緒頓時混亂起來。有紀大概以為他在猜想她話中的意思，趕緊說，請放心，她不是想要他陪她一起去，而是希望藉這個機會大家一起去玩，好讓他跟佳子熟識。至於將來他們之間有沒有可能，就看彼此造化了。

「可能嗎？」她問。

「我媽媽，現在住在東京。」光平回答。

「真的？太好了。」

「我必須問過我的阿姨和媽媽才行。」

光平當然希望能夠成行，只是，住在東京的媽媽，這一年來除了像爸爸那樣偶爾寄來禮物以外，見到她加上通電話的次數絕對是五隻手指就能數盡。

回到家以後，光平將這件事告訴阿姨。當然，他沒有說是為了佳子。

「是為了看看要不要去東京念書嗎？」阿姨問。

「是的。阿姨和博子阿姨，妳們一起去嗎？」

一向沉默寡言的博子貞靜地在一旁斟茶，個性外向的阿姨則回答他：

「恐怕是走不開吧。我要看店，博子阿姨也有工作。」

「那只好我一個人去了。」

「這樣不好吧。東京那麼大，沒有人陪，可以嗎？」

「怎麼沒人？有媽媽啊。」

「媽媽很忙吧。」阿姨想了一下又說：「再說，東京的住所又十分狹窄，我真的不曉得這段時間，她那裡可不可以啊。」

光平於是沉默。阿姨見狀，嘆了一口氣說：「去打電話吧。」

阿姨替光平撥了媽媽在東京住所的電話，是答錄機。他們又撥行動電話，電腦語音說用戶正通話中，已安排話中插撥。鈴聲響了一會兒，終於接通。阿姨跟媽媽說了一下以後把話筒交給光平，他便將去東京玩的想法告訴她。

「你說是什麼時間啊？喔……應該是可以吧……光平，我現在線上還有另一通重要的電話，我再找時間跟你聯絡吧，好不好？」

「真的可以嗎？謝謝！」光平興奮地說：「我等妳的電話。對了，媽，多謝妳寄來的東京限定版巧克力……」

話還懸在一半，耳邊已恢復成插撥等待的鈴聲了。

阿姨與博子對於媽媽答應了光平的請求，好像都覺得有點意外。

❄

話劇社社團決定期末考前的最後一個週末，在函館山頂舉行一次野餐活動，同時也要替即將前往東京的佳子餞行。

社長說，函館最富盛名的就是世界三大夜景之一的函館山夜景。從山頂鳥瞰被海灣包圍的扇形陸地，在夜裡熠熠發光的景象，即使是東京也比不上；所以，在這裡替佳子餞行，再好不過了。此外，大家還祕密約定好，每人必須準備一份小禮物，當作送給佳子的紀念品。

光平想了很久，決定送給佳子一份對他們來說應該是最有意義的禮物——豚骨拉麵和薰衣草霜淇淋。

當然，不會是真的拉麵與霜淇淋。光平央求在積木玩具公司上班的博子，替他打造拉麵和薰衣草霜淇淋造型的積木模型。他準備將它們裝在一個大紙盒之中，在盒裡，還放入郵購自富良野富田農場的薰香和糖果。如此一來，在東京的佳子不但可以把函館拉麵和薰衣草霜淇淋永遠放在櫥窗裡，還可以點起薰香吃起糖果，真切感受到薰衣草的香味。

星期六終於到來，傍晚時分，光平帶著禮物，喜悅地騎著單車，以為是騰雲駕霧，輕快地滑過每一條函館起伏的山坡街道。

就在他即將抵達山腰的纜車站時，背包裡的行動電話突然響起。

光平接了電話，是博子阿姨。

「快點過來幫忙！妳阿姨出事了！」她口氣很急。

「怎麼回事？」

「在谷地頭溫泉裡休克了！我現在正在往函館病院的計程車上！」

光平幾乎沒有考慮到山頂的約會就立刻跳上單車，往函館病院的方向衝去。

這幾年來，阿姨的身體比較健康，以至於光平幾乎忘記她心肺功能很不好，很容易昏眩的狀況。他心急如焚地自問著，阿姨不會有事吧？

爸爸、媽媽、佳子，全離他而去。難道，現在輪到阿姨？

妳不能有事啊！光平在心裡吶喊，為什麼身邊最愛的人都要離開函館？妳不能離開，阿姨，求求妳不能離開。不能，不能，不能。

彷彿像是一則詛咒，無法掙脫的，要留他在這座城市目睹所有分離。

他發了狂踩踏雙腳下的踏板，忽然覺得浪漫的山坡街道都變成阻礙。

沿途上優雅的和風木房，俄國風情的浪漫教堂，以及佳子每天經過的美麗路徑，此刻在光平耳邊，似乎都發出了欲淚的哽咽。

阿姨原來是空腹喝酒以後去泡湯的，再加上待在溫泉裡的時間過久，起身後在心肺功能不佳的狀況下才不支倒地。

「下次再也不跟你博子阿姨吵架了！害我喝了酒。」

病床上開朗的阿姨轉醒以後，又氣又笑地對光平說。大概也是對著博子說的吧。博子一邊調整著床頭上吊著的點滴，一邊淡淡地說：

「還以為妳要去自殺哩。」

「我沒那麼笨。我還有光平，才捨不得離開呢！」

「人家光平想去東京念書啦。」博子說。

「光平捨不得離開北海道，捨不得離開阿姨的，對不對？」阿姨撒嬌地。

「嗯。」

光平點頭，只差一點點，眼淚就要奪眶而出了。

醫生告訴他們，阿姨雖然已無大礙，但最好還是在病院裡待上一天觀察一番。阿姨只好在博子的陪同下留在病院裡。

博子請光平去隔壁街道上的超市，買兩套免洗內衣褲給阿姨和她。

「我可以回家拿的，並不遠。」光平說。

「沒關係，」博子顯得有些堅持：「你不清楚我們房間的衣物擺設，就去買免洗的吧，這樣也衛生乾淨些。」

光平點頭答應。他走出病房，在外頭的走道上時，電話又響起。這次是有紀。有紀問他，怎麼到現在還沒出現，他告訴她阿姨的事情，今晚他恐怕不能出席了。

「這樣也好。」她說。

「什麼意思？」

「你好好照顧阿姨吧！這裡的事情，再跟你說吧。」

光平困惑地掛去電話。他走出了醫院，騎上單車，還是決定先回家一趟，順便看看能否找到阿姨她們的衣物。

回到家裡，光平走進其實平日不常進來的阿姨的房間。當他推開置物櫃，拿好衣服正準備推回木門的時候，他忽然瞥見角落裡有熟悉的東西。

他緩緩地，小心翼翼地拿出來，卻不可置信地發現，竟然是好幾盒不同種類的東京限定版巧克力與糖果，以及幾個很歐洲風味的木製紀念品。其中夾了幾張包括霜淇淋機器訂購單的收據，有博子的簽名。禮品上還放置了另一張便條紙，是光平阿姨的字跡，清清楚楚記載每次與下一次送禮物給光平的時間提醒。

光平呆呆地坐在地板上，注視著它們，失落得像一顆高空墜落的鉛球。墜啊墜，狠狠摔在時間的泥土裡，砸成一窪補不平的巨大缺洞。

原來是這樣子的。光平天真得從來沒有想過，怎麼每次阿姨說爸媽又寄禮物來時，都是她放在他的書桌上，已經沒有了包裹信封呢？

那些所謂關心的禮物，原來，從不是來自於父母；那些情感與關照，都是阿姨的營造，自己的想像吧。他難過地回想，好幾次媽媽在電話裡冷凝的聲音。於是他知道，爸爸和媽媽是永遠、永遠離開函館了。

（佳子，我原來只是個愛幻想的男孩子，是個自導自演的笨蛋。我幻想著離去的爸媽仍對我十分關愛；幻想著我們之間的每一句台詞和每一分態度。而這些其實從來沒有存在過的，不是嗎？如今我明白了，我只是個笨蛋，笨蛋不會有人愛。）

❄

期末考期的最後一天。函館的氣溫已經熱起來，夏天的味道很濃厚了。

暑假開始，佳子準備要走了。

有紀說，要告訴光平那晚的什麼事情，後來她竟也不大願意提起。他不明白為什麼，不過，他明顯地感覺到那天之後，她便不再鼓吹他積極追求佳子。

那個週末打算送給佳子的禮物，一直還沒有給她。光平並不是不想給她了，只是每次看見佳子時又覺得似乎已經錯過了什麼最佳的契機。有一種鼓起的汽球忽然洩了氣，就很難再飽滿起來的微妙感覺。

因為期末考試的緣故，將近一星期光平沒有在阿姨的拉麵店裡全程幫忙。佳子與有紀也沒有到過那裡。雖然如此，他仍會在下課後先去店裡晃一下，然後再回去不遠的家裡。那是因為要送給佳子的禮物一直置放在麵店裡，他心想若是佳子忽然現身了，遇上了，他仍可以在很自然的情況下拿給她。

然而，期末考結束也就是這學期的最末一日，放學後，佳子仍然沒有出現在拉麵店。聽說佳子的媽媽已經辭去觀光案內所的工作，所以她應該就不會繞道至車站等候媽媽下班了吧。光平只好沮喪地拎著禮物回家。

一進門，聽見電話鈴聲響起。

「是光平嗎？」

媽媽的聲音，來自好遙遠的另一方。應該是在家裡吧，光平臆測。

「我是。」

「很不好意思。光平，媽媽要跟你說，最近媽媽這裡恐怕不方便招待你啊。因為……」媽媽話說到一半就停了。

話筒的另一端傳來細細長長的嬰兒哭鬧聲。她正在抱起嬰兒吧，發出了一些使力的聲音。更遠的地方，似乎傳來了某個陌生男人的聲音。是呼喚或者抱怨，聲音實在太小了，光平聽不清。

「真的不好意思啊。」媽媽又說。

「沒有關係的。我剛從那裡回來。」

「啊？剛剛來過？」

「等於去過了。」

東京是糖也是毒，光平在心裡想著，這些他都嘗到了。

「媽，」光平忽然話鋒一轉對她說：「是妳先離開爸爸的嗎？」

媽媽沉默地不說任何一句話。電話兩端似乎都顯得後繼無力。
「媽，那，就這樣吧。」光平準備掛電話了。
媽媽依然沉默，停頓一下，她忽然開口：
「我羅斯，東京，函館。我們一家人已經變成三個家庭了。光平，你懂嗎？」
光平沒有應聲。媽媽掛去了電話，光平腦中頓時一片空白。
許久以後，當他再次回神時，腦海裡浮現的是永遠可愛的阿姨與博子。三個人其實已經是很溫暖和樂的小家庭。
一個星期過去了，佳子是在哪一天離開的，光平並不曉得。
佳子離開函館的幾天以後，光平在半山腰上的元町公園裡遇到有紀時，她才告訴他，佳子已經走了。她說，她有去送機。原本她想告訴光平佳子離開的日子，但是後來覺得他不知道或許會好一些。
因為，她是和她的男朋友一起前往東京的。
這就是那個週末夜晚，有紀原本要告訴光平的事情。
原來，佳子早就有男朋友了，可是她從來沒提過。佳子的男友是一個正在東京大學念書的學長。那夜的函館山餞行會，男朋友想給佳子一個驚喜，特地飛來，很用心地對著社團同學說：「你們將她送走了，而我，將在這裡迎接她。」
光平的心裡微微一顫，可是此刻竟沒有太大的悲傷了。

「看來妳還是不要告訴我比較好。」光平說。

有紀笑起來，問他：「餞行禮物有給她嗎？」

「有機會再給吧。既然是紀念品，或許愈陳愈香。」

「沒有跟她道別，還是有些遺憾吧？會想對她說什麼呢？」

光平想了想，從石椅上站起來，大聲地喊著：

「請！別客氣！謝謝！下次再來喔！」

下次再來喔。

光平鞠了一個大大的躬，動作凝固在那裡。

（佳子，我是屬於函館的男孩，不能離開。我親愛的爸媽和妳都走了，甚至連阿姨都差一點要離開。所以我想，我和在東京的你們是沒有緣份的了。也許我注定要留在這裡守護著阿姨與博子阿姨；守護著像拉麵一樣熱騰騰的記憶；守護著未來。那麼，如果有機會，妳就再回來吧。準備要給妳的禮物，會一直準備著的。）

起身的時候，光平看見真夏的太陽光芒萬丈，落在遠方的海洋上，碎成一片璀璨的金色琉璃。

天地無用

時光是一個運送者，或快或慢，將每個人從出生運送到死亡。那些失去的，只要我記著，它們就會陪伴著我，走向今後的各種地方。

1

聽到電話的另一端傳來廣保死掉的消息時，我正走出小寶貝的房間。

對方是一個中文口音不太標準，但說得十分流利的日本男人。他以一種極有禮貌但不附加任何感情的聲音打了這通越洋電話到台灣來，哀戚地向我宣布了廣保的死訊。

「我感到非常的抱歉。廣保先生不幸在上個月，過世了。」

說到「過世了」三個字之前，他刻意地停頓了兩秒鐘，並且放慢說話的速度。大約是預料到我肯定會難以反應那三個字吧，所以給了我一點心理準備的時間。這麼說來其實算是體貼了。

雖然如此用心良苦，我終究還是發愣了好一會兒才能回神。

對方請問我是廣保的什麼親戚朋友？我回答，我是他的前妻。

「請昭琴小姐您節哀順變。」

日本男人很自然地吐出這句成語來。應該是心裡早已準備好的，預料會派上用場的話。雖然廣保過世了很令我感到詫異，不過，他自然不明白真正令我發愣的其實並不是「過世了」這三個字，而是廣保這個名字。

我完全沒有料到，這麼多年以後還會有人在我的耳邊提起他。

廣保。

差不多將近七、八年了吧？像是一個被深藏在盒子裡會令人又愛又怕的什麼東西，好不容易束之高閣，以為不用再輕易見到了，甚至刻意到幾乎忘記有它的存在時，如今卻毫無預警地突然出現在眼前，一時之間顯得有些陌生。

電話中的日本男人是廣保的同事。他告訴我，上個月的某天深夜，廣保是在下班回家的路上，走過住處附近的十字路口時，不幸被酒醉駕車逃逸的駕駛給撞死的。沒有目擊者，所以警方無從查起。

廣保忽然過世以後，大家才發現他好像是個很神祕的人。大家都聯繫不到他的親人。任職履歷書上記載著他的母親住在神戶，可是當初留下的電話號碼早已暫停使用。如果在廣保的身上找不到任何證件就算了，當作流浪漢或無名屍處理還簡單一些，偏偏警察從廣保的身上找到身分證件，判定了廣保是公司雇用的員工，所以要求公司必須負責到底。

廣保在停屍間裡被放了一個星期以後，神戶的警察局那裡終於有了回音。廣保的母親出現了。她匆匆來到東京，當日下午就決定翌日早上將廣保的遺體給火化，準備在午後將骨灰領回神戶老家。但詭異的是當遺體火化完成之後，廣保的母親卻消失了。大伙兒怎麼找，再也找不到。

「碰到這種事情，昭琴小姐如果換作是我，該怎麼辦呢？」

電話中的男人解釋完來龍去脈以後問我。我噤聲不語。

「還真是相當辛苦呢。」他繼續說道，接著他就被上司指派要處理完廣保的事情。雖然在言談中沒有透露任何的不悅，但我仍然向他再三道歉。很不好意思帶給他那麼多的麻煩，只是廣保自己的事情，結果卻讓周遭的人感到困擾。

他聽到以後不好意思起來。

「別這麼說！跟廣保先生雖然不算太熟，但作為一個同事而言，已經能夠瞭解他是一個好人。能為好人做一點最後的什麼，是很幸運的。只是因為大家都很忙碌哪，」他說：「所幸現在找到了昭琴小姐，一切就沒問題了。」

「沒問題了？」我納悶地問。

「難道不是嗎？請問昭琴小姐什麼時候可以趕到東京處理後事呢？」

「處理後事？」

「我們在廣保先生在公寓裡，找到您的資料。似乎是他所留下來唯一的對外聯繫人了。恰好全公司裡的人只有我學過中文，就請我負責聯繫您。坦白說，如果您沒有出現，真不知道廣保先生的骨灰會被他們怎麼解決掉。」

「是不是應該再試圖聯繫廣保在日本的家人呢？」

「實在是因為一直沒辦法找到廣保的家人。廣保先生的公寓租約，下星期就要到期了，總不能把骨灰罈放到公司裡吧。」

「骨灰就一直放在他的公寓裡？」

「是的，不好意思。雖然我們社長很喜歡中國古物，會客室裡確實放了幾個很像骨灰罈的東西，就算真的要放在那裡，大概也沒有人會察覺。總之，雖然廣保的個性有些死氣沉沉的，但說到底應該沒有『人』會喜歡待在那裡吧。」

沒有「人」會喜歡待在那裡。

廣保確實已經不是以「人」這種個體存在於世界了啊。沉默的彼此各自意會到這個事實時，在電話兩頭忍不住淡淡地笑了起來。

確定好前往東京的時間以後，掛去了電話，我整個人就縮在客廳的沙發上。明明剛才在講電話時並不覺得有太多的情緒，可是現在卻好像跑了幾圈操場一樣，虛脫得久久無法回神。

整個腦子裡都是廣保了。他好像是故意的，知道這幾年來我刻意不再去想起他，然後就用這種方式，加倍地占據了我的思緒。

好賊的廣保。討厭的廣保。

然而，此刻在我面前的卻是大浦。真真實實的，活生生的大浦。

大浦走來走去的，一副好焦慮的模樣。大我十歲的他，如果不計較微微隆起的啤酒肚的話，實在看起來不像是個四十歲的男人了。

最後，他停下來，點燃一根菸。我無奈地起身，站到椅子上踮起腳尖把天花板的火警偵測器給關掉。大浦看見以後，翻了翻白眼，吐一口白煙，沒說什麼。不管講了多少次，大浦總還是喜歡在屋子裡抽菸。更令人無法忍受的是，好幾次他都站在火警偵測器的下面。因為這樣，起碼至少有三次引發過警報作響。

「是誰打來的？」他問我。

「我的前夫過世了。」

「你說的是那個半日本人？」

「難道我有很多前夫嗎？」我忿忿地反問。

大浦沒什麼表情，不知道是在想什麼，還是沒想什麼。

「所以小寶貝的東西，妳確定全部都要帶走？」他開口。

顯然廣保離開這個世界的話題，在我跟大浦之間已經結束了。

「嗯。我全部要帶走。」
「很多哪！」
「放在這裡也不太對勁吧。」
他吸了口菸，說：「妳要是想放在這裡也沒問題。我會把小寶貝的門給鎖上，鑰匙交給妳，『別人』也不會進出房間的，妳可以放心。再說，我是考量到妳以後住的地方空間太小了，那些東西全部塞進去，未免太恐怖了。」
「我一點也不覺得恐怖。」
我不能接受任何人用恐怖來形容有關小寶貝的一切。
「對不起，我沒那個意思。」
「我過兩天要去一趟日本，處理一下我前夫的事情，所以原本說好會盡快搬走，現在可能得緩幾天。」
「妳方便就好，沒關係。我女兒其實也不會那麼快搬進來，只是她媽媽硬要我把房子給清出來。」他又焦慮地抽了口菸，說：「對不起。」
「沒什麼好對不起的。當初是我自己選擇這麼做的。這是成人的決定，可不是高中女生。況且這棟房子甚至還是登記著你妻子的名字呢，無論她有沒有發現我跟你的事情，都有十足的權利決定要怎麼使用自己的房子吧！我跟小寶貝本來就不應該住在這裡。」

大浦嘆了口氣，一根菸抽完又點燃另一根菸。
我又癱在了沙發椅上。

2

我跟小寶貝本來就不應該住在這裡。
事實上，小寶貝從來也沒有機會住在任何地方過。
這個屬於我和廣保的結晶，在出生還不到一星期的時候，夭折了。
大浦所認識的那個小寶貝，只是從我的敘述中所拼湊出來的模糊形象。他當然沒有見過小寶貝。一次也沒有。可是，這間他讓我住了將近兩年的房子，卻始終保留著一個屬於小寶貝的空間。
那時候在懷孕期間就添購齊全的嬰兒用品，幾乎塞滿了一整個房間。琳琅滿目的東西原本相親相愛地靠在一起，每天唯一要做的事情就是等候小寶貝的到來，忽然間，因為小寶貝的夭折，卻全都尷尬地杵在那裡了。
從醫院回到家裡的那天起，我整整有三個月沒有走進那個房間。
在那段日子，它彷彿是一個不存在的空間，被一種大約比水泥還更為不透光的東西給填滿了。即使是從門口走過去，我都不會往裡面瞄一眼。我完全沒有跟廣保提過，接下來應該怎麼處理房間裡的東西。它整個地被擱置了，存而不論，在一個宇宙的黑洞裡。

接著，我便開始失眠。我想，和我同樣沮喪的廣保當時肯定心力交瘁。他不只得面對失去小寶貝的痛，還要負擔我的變化。每當我這麼想的時候，自己就變得更加無奈。我明明不希望讓廣保憂傷，但卻無法使自己好起來。兩個人都期望對方堅強起來，卻反而陷入一個悲傷的連鎖效應裡。

在某一個失眠的寂靜深夜，我窩在客廳的沙發上時，忽然發現一隻蟑螂。我整個人跳起來，害怕牠爬到身上來。

我想大叫廣保，可是又不想打破他的睡眠，只好整個人縮起來，與牠保持距離。我注意著牠的行蹤，看見牠好像溜進了小寶貝的房間。

我的眼光滯留在那個一片黑漆漆的房間入口。

不知道為什麼，我忽然有了想走進去看一看的衝動。

難道是為了確認蟑螂是否真的溜進房間裡嗎？總之，我走進去了。

開啟一盞微弱的燈，天花板上黏貼的吸光星星發散出淡淡的黃光。我環顧周遭，完全沒有陌生的感覺。

神奇的是我幾乎不記得接下來發生的事情。當我再有印象時，發現自己躺在地上，看見廣保蹲在我的身旁。

我從他身後窗子透出的光芒，知道已經天亮了。

「妳睡著了？」廣保滿臉詫異。

「我只記得昨天深夜我走了進來，過了一會兒，就是現在了。」

「妳居然不會失眠了？」

我坐起身子來，伸了伸懶腰，說：「該不會現在還在做夢吧？」

「如果現在還在做夢，豈不是更好？」廣保笑起來。

結果，晚上跟廣保一起睡覺時，我卻還是一如往常地失眠。可是一旦換到小寶貝的房間，失眠的咒語竟然就解除了。

每天晚上，我必須一個人睡在這個房間裡才能安穩入眠。

直到和廣保離婚，我度過了差不多五年的單身生活，接著在兩年前遇見大浦，搬進他的住處，這無法解釋的定律始終發酵著，變成生活的正常作息。

然而，帶著這樣的習性跟大浦生活，卻令我有些愧疚。

畢竟作為一個男人的情婦，竟然不能和對方睡覺，實在很遜。

我連自己都覺得說不過去。所謂的情婦，不就是應該滿足男人在妻子那裡所欠缺的東西嗎？而誰都清楚這裡頭有很大的成份是包含了親密的性關係。

我喜歡跟大浦做愛，也喜歡和他睡在一起的感覺。和大浦在一起的感覺，跟年齡相近的男孩子交往很不相同。不可否認，二、三十歲的男孩子有非常多屬於那個年紀的優點。跟二、三十歲的男孩子做愛，常有令自己意想不到的震撼。偶爾會出現那種「沒想到真的辦到了」的滿足感。

不過，對我而言，大浦在性格上的沉穩所帶來的安全感，遠遠勝過了那些刺激的感官。二十歲世代的男孩子多半還在摸索人生，經過三十歲世代以後的男人，性格上漸漸確立了，整個人也就變得沉穩許多。當時二十八歲的我，深陷在失去孩子又失去婚姻的狀態時，他的出現讓我在汪洋裡抓到了浮木。

當然，知道沉穩跟反應遲鈍原來僅是一線之隔，是很後來的事情了。

無論如何，即使當年的我是如此需要大浦的安慰，還是沒辦法依偎在他的身旁直到天明。

「硬要睡在一起，卻害你失眠了，也不太好吧。」

到最後，大浦都很不忍心。

「給我機會嘛。命中率沒那麼準的。」

結果，確實那麼準。沒有任何一次，我能夠在他的身旁入睡。我躺在他的身旁老是翻來覆去的。即使是做完愛，已經很疲倦了，還是沒辦法入眠。

這讓我感覺到非常的沮喪。

妻子和母親的角色，我都失敗了，沒想到，連當情婦的資格也沒有。

我只有走進隔壁的房間，進入那個本來已經做好萬全的準備，要來迎接小寶貝的世界，躺在地板上，才能舒舒服服地入眠。

不管之前是怎麼樣的輾轉難眠，只要躺在這裡的地板上，幾乎不到一分鐘，我就能夠毫無顧忌地呼呼大睡。

起初，大浦覺得決定應該要陪伴我，結果發現，我只能一個人才行。

只有一個人關起門來的時候，我才能像是透過小寶貝的房間踏入另外一個空間。閉起眼睛，什麼夢也沒有做過，只是那麼自然地進行著睡眠這件事情。好輕鬆的感覺，即使是服用了安眠藥也換取不來的愉悅。

房間裡那一張空蕩蕩的小床，收納箱裡動也沒動過的玩具，窗邊等候不到被小寶貝凝視的風鈴，嶄新的奶瓶與圍兜，衣櫃中散發出淡淡清香的衣物，只要當我在深夜一進入這裡，那些東西就在呼喚我。多麼焦躁的情緒，都能奇妙地平靜下來。

我能感覺到這些本該屬於小寶貝的東西，都在呼吸。我的呼吸混合著它們的，在熄滅燈光以後的深夜裡，進行著記憶的光合作用。

腦海裡是那麼容易地就可以浮現出小寶貝剛出生時皺巴巴的臉，緊握的雙拳和微開的雙眼。

只要這些東西都在，不管我移動到了哪裡，跟誰住在一起，一旦重新布置起來了，那裡就是屬於小寶貝的房間。

小寶貝彷彿還在成長。

而我，也才有了一個可以歸屬自我的地方。

3

廣保的個性，有些死氣沉沉的。

回想起那天在電話中的日本人這麼形容起廣保時，不禁困惑起來。

記憶中的廣保從來不是死氣沉沉的性格。

年輕的時候，女孩子總喜歡有趣的男孩。像是廣保這種既長得乾淨，性格又有趣的男孩子，很容易就會被女孩注意到。

九年前我剛滿二十一歲，大學畢業後進了一間廣告公司工作，從最基層的業務做起，在那裡遇見了二十六歲的廣保。廣保不是我這種做牛做馬的業務，他是創意部門的文案。他做著我當初念廣電系時真正想在日後從事的工作。

我負責支援廣保手上正在處理的一個平面電視機廣告。會說支援那是因為我是個新生，只是協力資深業務而已。我跟廣保的交集並不多，最多的就是把客戶的訊息製作成簡報交給他，然後他再把修改過後的廣告概念交給我。因為廠商很重視這條產品線，因此十分挑剔，我也就增加了很多與創意部接觸的機會。

公司裡其他的業務常必須催促文案交稿，然後再忍受那些自以為是大作家卻當不成作家，最後只能瘸腳為商業賣命的文案，賣弄他們所謂的藝術家脾氣。但是我跟廣保之間從來沒發生這種問題。他總是乖乖修稿，按時交稿，一點脾氣也沒有。我有時候甚至懷疑他只是個快遞。

電視機廣告的腳本搞了快四天，還沒定案。我每天都活在簡報、民調與客戶之間，還必須參與創意部門的火爆會議。我差點以為我工作的地方不是廣告公司，是個專門「經營會議本身」的一間會議公司。

終於這一天的會議跟我本人有了關係。在腳本被退稿的第五天，創意部在火爆會議中怪罪是業務部沒有做好市場定位調查，才讓他們的企劃案一直被客戶嫌棄。我的上司很不服氣，火力全開地反擊，大家僵成一團。

會議總算結束後，我到吧台煮咖啡時，看見廣保拿著一個空杯子走過來。他看起來有點恍神。他注意到我正看著他捧著的馬克杯。

「喔，這個不是要來砸妳的。雖然妳是業務部的。」

他說。我聽了不禁失笑。

「我剛好煮了兩人份，一杯分你。」我說。

「喔，好，謝謝。」

「聽同事說你好像是混血兒？」我問。

「我的父親是台灣人，母親是日本人。不過，我看到血會怕，所以不說自己是混血兒。」

「那應該說什麼？」

「雙效合一的洗髮精。」

「你這是職業病吧，隨時不忘為手上的客戶打廣告。」

「當然！衣食父母呢。」

廣保打趣地說，他小學念一半就來台北，說不定現在日文比中文還爛。

「咖啡煮好了，」我替廣保倒好咖啡，交給他時無奈地笑著說：「開完這種會議以後，怎麼能不喝一杯咖啡提振精神呢？」

「妳為什麼要來這裡？」他話鋒一轉問。

我愣了一下。

「只有這間公司要我。之前跟好幾間公司談過，但是都不了了之。其中有些人說會談進一步狀況，但每當我跟他們聯繫時，總是回覆我『這幾天』就會有進一步消息。我想他們的一天大概至少等於正常人的一年。」

「廣告人說的話妳也當真？」

「啊……」我啞口無言。

「所以妳原本想當文案，不是業務？」

「嗯。我來這裡是應徵文案的。還是ECD（執行創意總監）面試我的呢。我心想，面試的層級這麼高，應該有點希望。不過，才一坐下來，她就說，目前公司是沒有職缺可以給我，只是看了我的經歷覺得滿有趣的，想見見我。最後不到五分鐘就結束了，是我面試過最短的一間。」

「妳是說Jully吧？她狂愛在電視購物台買東西，大概習慣了貨送到府，有興趣就打電話叫人把東西送到家裡來看一看，不滿意就退貨，反正期限內也沒損失。很多人都被她這樣整過，她大概有病，妳不用太在意。」

「不過之後她打電話來了，問我業務缺人，要不要試試看？我一時也找不到什麼更接近廣告圈的工作，想一想就答應了。現在，就站在你面前囉。」

「這工作不適合妳。我看妳儘早離職吧。」

「沒禮貌，」我吃驚，急忙為自己辯駁：「怎麼知道我做不好呢？說不定表現得好，被上面看見了，就有機會調職到創意部門啊。」

廣保喝了口咖啡，搖搖頭，笑起來。他用一種「真傻啊」的眼神看著我，甚至還帶著一股同情的感覺，然後竟然就一言不發地走回辦公區了。

什麼意思嘛！討厭的廣保。

可是，討厭的廣保卻一語成讖了。

兩個星期以後，我正式考慮離職。因為當我看見創意部門錄用了其他的新人時，忽然覺得我確實不該再妄想有一天會從業務被調去做文案。對大部分的人來說，每個人都像是一張紙，當對方認定了你是怎麼樣的一個人時，就會拿一種很難修正的顏料往上面塗抹，於是，你就是那樣的一個人了。

那天深夜一點鐘，我好不容易可以下班了，走進公司附近一間迴轉壽司吃消夜時，恰好看見廣保在裡面。我坐到他的旁邊。

「你說對了，我不太適合這裡。所以，我頂多做到月底就打算離職了。」

他聽了我說以後，愣了一下，接著微笑起來。

「怎麼會這樣？」他問。

「什麼怎麼會這樣？」

「離職啊？」

「不是你建議我的嗎？」

「喔……」他搔搔頭：「這麼相信我說的話？」

「啊，對了，廣告人的話怎麼能信呢！」

我們相視而笑。

「下星期一，上次那個電視機廠商又希望我們提案了。他們要乘勝追擊推出新一季的廣告。我看，大家又有得受了。」他說。

「非常謝謝你告訴我。那麼我決定做到這個星期五就好。」

「你狠心就這樣拋下我……們？」

是故意的吧。我驚訝他說出這樣的話來。他害我吃到一半的玉子燒，不小心掉到盤子上。

「我只不過是一個小小的業務，沒差吧。」我回應。

對話突然停止了。我把壽司一個又一個送入嘴巴裡的同時，愈來愈好奇坐在身旁的這個雙效合一的男人。廣保這個人現在在想些什麼呢？三更半夜，整個壽司店裡只剩下我們兩個人，連老闆忽然也不見了。孤男寡女。

半晌，廣保忽然開口問我：「想得到什麼逆向操作的電視標語嗎？」

我竟有點失落。原來他還在思考公事。

「逆向操作？」我想了想，不負責任地隨便亂說：「很抱歉，我們無法給你最好的畫面。」

「喔？」他的好奇心被挑起。

「我們只能給你最好的回憶。」我一邊喝著味噌湯一邊說。

廣保點點頭，若有所思，但是沒評論些什麼。

我離職後的第二天，接到廣保來打來的電話。他說他要請我吃飯。

「請吃飯？太老梗的情節發展了。你該不會告訴我，因為你偷偷拿了我上次想的那句文字交差，結果廠商很愛吧？」

他笑起來說：「我確實把你的文案附上去，但不是妳所想的那樣。基本上恰恰相反，大家覺得糟糕透了。老套而且濫情。」

我感覺到相當困窘。我問廣保，既然沒幫上他忙，何必還要請我吃飯？他說，他認為我的想法似乎能激盪出他的思考，還滿有意思的。

他覺得滿有意思的是這件事情，或是我這個人呢？

我倒覺得有趣的是他。他試圖更詳細地形容，但我聽起來卻更加抽象起來。「如同白玉的本身索然無味，但配上抹茶與紅豆以後，白玉的自我價值就不同了。」雖然廣保的中文程度非常好，可是思考邏輯還是挺日本的。

我答應了他的邀約。然而，我其實真的沒有預料到就從這一餐開始，彼此的命運就像是餐桌上被切開的料理，不可能復原成本來的樣子了。

當天晚上我就和廣保上了床。我相信廣保和我確實對彼此有興趣，但並沒有人刻意計畫這件事情。就像兩個人經過了一間便利商店沒什麼思索地就走了進去。進去以後，其中一個人說：「有點渴，買罐飲料吧！」另外一個人也回答：「我也有點渴呢。」一切就是那麼自然而然的結果。

我開始和廣保同居，找了一份校稿的編輯工作，白天就在他的公寓裡做事，晚上就等著下班時間依然很混亂的他回家。

剛開始的一個月，每當廣保一回到家，我們連話都沒說上三句就忍不住開始做愛。廣保有一副很典型的日本年輕人的模樣，瘦瘦高高的，看起來大概沒什麼力氣，但是做起愛來的力道還挺令人震撼的。

他為什麼在那種恐怖的地方上班了一整天，回家還這麼有力氣，實在很妙。常說男人不了解女人，其實女人又何嘗明白男人呢？我曾經懷疑他在公司只是個快遞，現在每當他將我整個人托抱起來站著做愛時，我懷疑他是參加奧運舉重的選手。

「我們什麼時候生個小寶貝呢？」

某一天，廣保在睡前這麼問我。

「你連『我願不願意嫁給你』都還沒問過呢！」我說。

「逆向操作啊！」

「你的職業病又犯了。」

我和廣保之間確實是逆向操作的。我們在尚未確認彼此是否要正式交往之前就先發生了關係；在沒有討論過要以什麼形式共同生活前，我已經搬進了他的住處。現在在論及婚嫁的議題之前，又跳躍到了生孩子這件事。

其實廣保會問這個問題並不突兀。他喜歡孩子，我也是。每次出門，我們都會特別注意到街上推著的嬰兒車，看一看小嬰兒的臉龐，兩個人的心情都會變得特別好。逛百貨公司時，經過童裝部也會忍不住繞一繞。

有一天，當我們意識到做愛除了能讓彼此享受身心以外，還能夠再延續一些什麼的時候，真是錯覺所謂的未來將永遠是陽光普照的。

確定懷孕的四個月後，我和廣保結婚了。

日子沒有太大的改變，只是每一天的期待就像是堆疊積木一樣，一層一層地向上攀升。關於孩子的一切，全都準備就緒，所有關心我們新婚與小寶貝的朋友送來太多有形或無形的關懷。

直到臨盆的那一刻衝向巔峰，接著，就一磚一瓦地迅速傾圮了。

4

小寶貝夭折以後的那一整年，我的情緒從來沒有好轉過。

生產之前，我和廣保究竟過得是怎麼樣的甜蜜生活，居然像是失憶一樣，完全記不起來。當然也不重要了。雖然後來我終於發現可以不再失眠的方法，但整個人仍活在恍惚之中。我沒辦法工作，也無法出遠門。好幾次我都失神到在住家附近迷路，讓廣保很不可思議。現在，我可以走進小寶貝的房間去了，卻又把「自己」給擱置在了什麼看不見的地方。

每天晚上我必須和廣保分房。他睡在我們的臥室裡，而我則到小寶貝的房間。失去小寶貝，廣保自然也很心痛，但他卻還要每天面對槁木死灰的我，幾個月下來已經逐漸無法忍受。

「妳不可能一輩子都睡在嬰兒用品堆裡。妳必須去看心理醫師。」
廣保勸戒我。我斷然拒絕。
「心理醫師也不可能把小寶貝救回來。」
「但至少可能救回妳。」
「我只想好好靜一靜。」
「靜一靜？妳不能一直這樣死氣沉沉下去，妳會崩潰的。」
我看著他，質問他：「害怕死氣沉沉的究竟是誰？是你吧。是你覺得你再跟我這樣下去會崩潰吧？」
廣保緘默，像被翻開了心底的祕密。
如果做愛有配額，我好像已經用光了。我完全沒有心情跟他做愛。以前是多麼熾烈的做愛，現在就以多麼同等的能量冷戰。
奇怪的是當我逐漸回到生活的正軌，廣保卻開始偏離了。他幾乎是在轉瞬間變成了另外一個人。從前不怎麼會喝酒的他忽然成天爛醉如泥。不對我惡言相向的時候，他就完全不理會我。不久，他開始外宿，當我問起昨晚去哪裡時，他永遠只是面無表情。如果耐性是有配額的，我想，廣保的終於也用光了。
在小寶貝離開我們的第十個月，某一晚，廣保忽然主動跟我說話。
「下個月初，我會搬回日本。」他淡淡地說。

我十分詫異，但沒有把情緒表現出來。

「你是回老家嗎？不然以你現在這個年紀，一個人回到日本的大都市找工作，等於一切從零開始。在台灣累積的人脈跟經驗，完全沒用處了。」

「不是回老家，也不是一個人……對方是東京人。」

我恍然大悟。

兩個人陷入一陣長長的沉默。

「你跳過了我們得先離婚這個步驟。」最後，看他又變得面無表情，我沒好氣地故意煽動他：「這也是你的逆向操作嗎？」

他依舊盯著電視機。我拿起手中的杯子狠狠地丟向他，杯子偏了方向，水濺射潑濕了他。他還是動也不動。

廣保究竟是在最近才認識那個人而做出這樣的決定，或者根本一直以來都是腳踏兩條船呢？現在，我已經無法辨清。

其實對於廣保有外遇，我並不特別氣憤。我很清楚地知道，先前我的憂鬱症狀況，讓他已經受夠了。他對我也曾經有過耐性和包容，而我現在確實也好轉起來了，遺憾的是時間點偏偏沒有搭在一起。

我們離婚的過程並不平和，雖然不至於反目成仇，但多少也有一種那幾年最好別再見到對方的念頭。

令人感到意外的是在離婚以後第二個月，廣保忽然跟我聯繫。他沒來由地打電話來，告訴我對方離開了他，並且還鬧到害他丟了剛找來的工作。

在那通電話裡的廣保，聲音聽起來非常憔悴。我只能儘可能地安撫他，告訴他「一切會好起來」這種連我自己也不相信的話。

「還是需要小寶貝的東西才能入睡嗎？」

電話要掛去前，他問我。

「嗯。現在租的房子只有一個房間，小寶貝的東西幾乎全占滿了。」

「那很好。」他說。

「所以，你接下來呢？」我想問看看他對工作的打算。

「我會繼續把她給找回身邊的。」

「啊？」

「我想，我無法失去她。」

他竟然在我面前這麼說。

「嗯，那很好。」我也只能這麼回應了。

失去的感覺究竟是什麼呢？要是從未獲得，自然就沒有所謂的失去。最殘酷的是短暫地擁有過，明白了箇中滋味，就必須接受懷念的遺憾。

此刻，廣保失去了他渴望的人，而我也意識到徹底失去了他和小寶貝。但，事實上，我們失去的根本是同一件東西。我們一起失去了曾經掌在手中的那個自信與夢想。

接下來的七、八年裡，我們沒有再跟對方聯繫過。

雖然如此，我其實每天仍活在廣保的影響中。

小寶貝是我和他的結晶。每一天，只要我必須感受到小寶貝還在成長的那種虛幻的存在感，那麼廣保也就會一直活在我的潛意識裡。

只是，悲傷的事情愈少愈好。我逐漸學著善待自己，摸索出的方法就是不得不切割小寶貝和廣保之間的關係。

我當然知道這是一種自欺欺人。但不得不承認，人有時候確實是種很奇妙的選擇性的動物，那股「想以什麼樣的記憶儲存人生」的挑選能力，往往超乎自己的想像。漸漸的，我刻意不去想起廣保，到最後甚至以為自己已經忘記他。

5

抵達東京處理廣保後事的這一天已經是下午了。

廣保的那位日本同事佐藤先生在電話中跟我道歉，直說他沒看清楚時間。因為他發現有一些相關文件要請我代為簽收和處理，不過由於明天是國定假日的關係，恐怕要等到後天有關單位上班時才能領取給我。

「有可能今天晚上，先帶我去廣保的公寓看一看嗎？」我央求。

「當然可以。」

我興起迫不及待想去廣保居住的公寓看一看的念頭。

七、八年來的日子，我對他一無所悉，總覺得應該儘可能地填補一些什麼。畢竟，我是來處理他的後事。

這輩子從來沒有想過處理廣保後事的人，竟然會是我。我們在一起的時候還來不及想到，更何況離婚了以後更不可能。

佐藤他們的公司在澀谷。晚上六點半，我們約在澀谷車站前的八公犬銅像前見面。我提早到了那裡，當我站在那裡等候他時，忽然想到我們居然沒有先確認彼此的外貌，怎麼能保證一定認得出對方是誰呢？然而，這個疑慮在他現身之際，便完全煙消雲散了。我一眼就認出了他。

我難以置信看著眼前的這個日本男人。

他的氣質跟廣保實在太類似了。雖然長相並非一模一樣，但都屬於同一種臉型。身高和體形也是相似的，甚至連說話時的語氣和眼神都相近。

「初次見面，昭琴小姐您好。我是佐藤。」

我從來沒有見過廣保穿起西裝來的樣子，現在彷彿覺得穿著筆挺西裝的廣保正站在我面前。我有些錯覺了。

「真的是太像了。」我不免驚嘆。

「咦？」

「沒有人說過你跟廣保很像嗎？」

「不過，昭琴小姐已經好多年沒見過廣保先生囉。」

「難道他變成一個大胖子嗎？」

「他的身材還是跟我差不多。我沒有見過廣保以前的樣子，不過我想外形應該沒什麼太大的改變。只是自從我認識他以來，他就是個非常抑鬱的人。大概不能像我現在這樣和您侃侃而談喲。」

對於廣保的好奇與疑問又增加了許多。按照佐藤的說法，恐怕在七、八年前的那通電話以後，廣保的情緒和精神狀況是每下愈況的了。佐藤說，廣保看起來每天都不太快樂。雖然待人謙卑有禮，但是也拒人於千里之外。他幾乎沒有在公司以外的地方見過廣保。若有什麼公事以外的聚餐，廣保總是拒絕。不過遇上了不能推辭的應酬，廣保還是會盡忠職守地完成公事。

「但是這樣的人在東京社會不見得不受到歡迎喔！」佐藤補充：「事實上，大家都覺得廣保先生很不錯，是一個好人。悶悶不樂的好人。」

悶悶不樂的，死氣沉沉的，一個好人。

怎麼樣也很難認為佐藤口中形容的人，是當初吸引我的那個人。廣保的精神狀況低落到了什麼程度，變成一個怎麼樣的人，我很難想像。憂鬱症是會傳染的嗎？我不明白為什麼當我的憂鬱症逐漸好轉的時候，廣保卻像是替代了我，甚至加倍的變成那一個沮喪時的我。

腦海中保留的仍是那多年前清秀而充滿活力的廣保。

就像是此時在我眼前的佐藤先生。

我和佐藤從澀谷搭乘田園都市線來到三軒茶屋站。廣保住在三軒茶屋。這不是一間茶屋或店名，只是一個地方的名稱。一個距離澀谷很近，不過卻安靜得許多的地方。鬧區只集中在車站前，走遠以後就是純粹的住宅區。

從三軒茶屋的地鐵站出來，我跟著佐藤走，穿越一條又一條的街道，心底不斷揣想著廣保——我每天賴以維生的小寶貝的父親，在這裡的生活。

在一個十字路口等候紅綠燈時，佐藤指著前方說：

「那條巷子走進去，第一棟公寓的三樓就是廣保的住處。」

「這個十字路口，就是廣保出事的地方嗎？」

佐藤看了看我，沉默地點頭。

廣保住的公寓是沒有電梯的。按照日本人說法，是間「1DK」的單身套房，也就是有一個房間，並附有開放式的廚房和狹小的用餐處。

當佐藤插入鑰匙推開廣保的房門，按開日光燈時，我站在門口望向屋內好一段時間，久久不能回神。屋裡的擺設極為簡單，好像只是把一些不得不用到的東西放在這裡，彼此之間沒有考慮什麼搭配性。嚴格說起來，這是一間沒有個性的房子。昔日的廣保是搞創意的，對於居住環境也很有主見。然而這裡和過去我們所居住的空間迥然不同。

我的目光飄向正前方。

廣保的骨灰罈就放在書桌上。

骨灰罈靜靜地站在那裡。窗外路燈的燈光透過窗戶玻璃折射進來，恰好落在上面。書桌上拉出了一道影子，那是現在的廣保的身影。

我走上前，伸出雙手壓在書桌的那道影子上，然後慢慢地、慢慢地，從骨灰罈的下緣捧起廣保。就像是小寶貝曾經塞在我的子宮裡那樣，如今的廣保又縮小回到一個那麼狹窄的空間了。只是子宮是溫暖的，是一個即將開始的出發點；骨灰罈卻是冰冷的，是一個停止的終點。

「現在的廣保會怎麼想，我不清楚，」我放下骨灰罈，翻過身對一直保持緘默的佐藤說：「不過要是以前的他，一定無法接受被放在這樣的罐子裡。」

「不好意思，這個骨灰罈是葬儀社提供的，公司沒有另外再添購更好的。」佐藤好奇地接著問：「那麼依照以前的他，會想把自己的骨灰用什麼東西盛裝呢？」

我想了想，回答：「雙效合一的洗髮精罐子裡吧。」

「咦？」

「他的廣告客戶。」

佐藤聳聳肩，微笑起來，似懂非懂的模樣。

「我們是在這個名片夾中，發現昭琴小姐的通訊方式。」

佐藤指了指書架上橫放著一本名片夾。他說，裡面大部分是商家名片，個人名片僅有三張。試過以後，只有我的電話打得通。沒想到打了以後才知道，我是廣保的前妻。

「後天辦理完文件之後，我會再陪妳過來。喔，廣保的東西，需要整理一下嗎？有需要的話，或者妳明天可以再過來整理。沒有的話，我們就請清潔公司整理房子時一併處理掉。」他說。

「嗯。對了，今天晚上我可以住在這裡嗎？」我問。

「住在這裡？」

「是啊。也許晚上我就可以開始整理了。」

「可是……」

「可是一個人跟骨灰罈共處一室嗎？」

他尷尬地說：「也不是啦。嗯，好吧，如果妳希望的話。」

「謝謝你。」

「那麼，鑰匙就交給妳吧。如果明天需要我幫忙什麼，請不用客氣，隨時打電話給我。明天是休假日，我也沒有什麼事情。」

我點點頭。

「啊，差點忘了，」佐藤打開手上一直提著的一只大型購物袋，說：「這些是我帶來的一些紙箱。把它們折疊起來，用這個封箱膠黏一黏，就可以使用了。我想妳如果要整理東西，應該需要一些紙箱，就自做主張帶來了。」

佐藤當場示範了其中一個的折疊方式。原本是平面的，幾個步驟下來，就變出立體的紙箱來。

「天地無用？」

我看著紙箱上寫著的四個漢字。

「好絕望啊，」我納悶：「為什麼要寫這四個字？送給我當作我現在的人生處境，或許還滿適合的吧。」

「てんちむよう（tenchi-muyou），不是妳想的那樣喲。『天地』跟『轉置』的發音一樣，所以用這兩個字替代的『天地無用』，完全不是什麼在天地之間沒有一點用處的消極意思。它其實只是貼在運送貨品上的標語，提醒貨運者，這件物品的內容物要小心運送，不能翻轉倒置。」

「原來如此。總之，真是謝謝你。」

「不用客氣。」

佐藤離開以後，整間房子又陷入了寂靜之中。

廣保的房間除了衣服、書、雜物、幾個堆疊起來的無印良品PVC置物櫃、放在骨灰罈旁的iPod隨身聽和一台MacBook以外，幾乎並沒有什麼看起來能夠被整理的東西。

事實上，整個晚上，我完全都沒有動房間裡的物品。

我就這麼安安靜靜的坐在地板上，任憑思緒在廣保這個「1DK」的空間裡四處亂竄。想到自己居然已經三十歲了。過去這十年來，別人眼中應當是璀璨的二十世代年華，我卻一路顛簸，彷彿變成一個很沒有用處的女人。

現在，在這個異鄉的大城，正跟我前夫的骨灰兩兩對看。

忽然想起了在台北時候的我。

在知道廣保死亡的消息之前，我正陷溺在和大浦的僵局中。

幾個星期前，大浦的妻子終於發現了我和他的事情。

當他的妻子發現我們竟然背著她偷腥，而且時間已經長達兩年時，當場摔了一個耳光給我。在她的口中，我是一個偽善者，不要臉到極點的情婦。

是的，我是。我承認。

我居然背著如此信任我的主管，跟她的先生搞外遇。我和大浦的妻子共處於一個辦公室，每天都會見面。我們一起為工作打拚，一起溜去喝下午茶，一起對抗想要整我們的同事，最後也聽她談起懷疑自己的老公有了外遇。

但是，我不承認我是情婦。因為作為情婦該有的資格，我也是達不到的。

曾經以為大浦性格上的沉穩，在這件事情爆發以後，變成了遲鈍。

我看見一個四十歲的男人敢搞外遇，卻沒有膽量面對處理。大浦放縱我和她的妻子，兩個女人彼此惡鬥，卻差點忘記他這個男人在其中的關鍵性角色。

不過，一切都即將落幕了。

回台北以後，就要跟大浦正式分手，離開他的住處。

大浦說，雖然不能住在他那裡了，但偶爾還是可以見見面吧。

「我無法和你一起睡覺，完整地滿足你，又對你的妻子感到愧疚，我想還是不要相見比較好。」我說。

「以後只要相處幾個小時就好，不用擔心陪我睡覺的事情啊。」

我笑起來：「怎麼聽起來，你反而像是解脫了？」

他抽著菸，不語。他不知所措的時候，總是喜歡燃起一根菸。

我告訴大浦，我得換新工作了，一定會很忙碌。而且，每當我再見到他時，看見的不只是他而已，還有他的妻子，這樣很折磨。

我看著書桌上的骨灰罈，情緒變得有些起伏。

此刻，我突然意識到，今後我真的是落單的一個人了。

廣保為什麼要死掉呢？又為什麼會找到我，要我來處理他的後事？我已經不是他的誰了啊！如果不知道他死了，我的生活也許仍能像是這八年來一樣繼續下去。可是，現在知道了，一切就都不同了。我已經失去了小寶貝，現在又要開始承擔廣保的逝去。而且，什麼時候不選，偏偏選在我和大浦分手之際。這一切是那麼的諷刺。

想著想著，我竟然忍不住對著廣保的骨灰罈喊叫：

「現在是要來比慘嗎？好了，你贏了啦！我失去小寶貝，婚姻破裂，跟大浦分手又丟了工作，已經夠慘了。不過你真狡猾，你只要死掉這一件事情就夠了。可以吧，你贏了，你給我出來，不要躲在那裡面。討厭的廣保！」

什麼意思嘛！

「討厭的廣保！」

我的聲音很快就被牆壁給吸收掉了，彷彿從來沒有人在這裡說過話。

我甚至懷疑方才我真的開口了嗎？還是心底的吶喊而已？

廣保的影子還是不動聲色地躺在桌上。

整個房間除了我的呼吸聲外，仍是一片靜謐。

6

離開台北前，我帶了一個小寶貝的玩偶在身邊。

我知道晚上要是沒有窩在小寶貝的世界裡，一定會失眠，但總不能為了來一趟東京，就把所有的東西空運過來。最後，我只好折衷地帶了其中的一個玩偶。然後不出我所料，只有一件小玩偶依偎在身邊的我，昨晚在廣保的公寓裡果然睡得不是太好。雖然沒有失眠，但是卻不斷地轉醒。

在每一次醒來又睡去的片刻裡，孤寂的感覺就愈發強烈。

翌日清早，我六點多就起床了。

推開窗戶，看見是很晴朗的一天。雖然陽光燦爛，但是深秋的東京早晨，氣溫非常沁涼。我吐了一口氣，白霧就從嘴角溜出。

我決定出門走一走。

離開前，回過頭看了一眼書桌上的廣保，接著又看到擺在旁邊的那台iPod。臨時起意，我把iPod塞進背包，帶了出門。

一大清早，商家都還沒開門。我站在地鐵站看著電車路線圖，思考現在應該去哪裡？眼光往電車圖的左上方移動，最後停在淺草。

高中時代曾經跟親戚參加旅行團來過一次東京。那時候到過淺草的金龍寺。不過，當時對於那裡的印象並不好。只記得導遊像是趕鴨子似的行程，令人很不舒服。觀光勝地到處人擠人的，感覺快要窒息。

可是，此刻站在電車圖之前的我，卻忽然想起剛認識廣保時，曾經跟他談過這段旅行往事。他告訴我，要是有機會的話，應該再去一次淺草。

「要趁早上，很早的時候就去，那時候觀光客都還沒有攻占那裡。」

所以我決定前往淺草的金龍寺。況且那麼早，至少寺廟會開門的吧。

搭乘地下鐵來到了淺草。

果然，早晨的雷門前，沒有聚集什麼人。通往金龍寺本殿的仲見世通也還沒有觀光的人潮。站在雷門後面，非常難得的可以一眼看穿整條大街。仲見世通兩旁的商家已經開始營業了，所到之處都只有三三兩兩的人在選購紀念品。

瞌睡蟲似乎還賴在老闆們的臉上。對於商家而言，人潮洶湧才會令他們打起精神來吧，可是對於我來說，能夠體驗到沒有觀光客的淺草，反而才是令人感到振奮的。上次浮光掠影就忽略的景致，現在都看出趣味來了。

因為沒有什麼人的緣故，步伐就緩慢而輕鬆了，連呼吸都自在起來。秋高氣爽，涼涼的空氣裡彷彿瀰漫著從隅田川飄散而來的水的氣息。

我佇足在販賣人形燒的舖子前，看師傅恰好製作出人形燒來。坦白說，我沒有那麼愛吃人形燒，可是當我觀看模型生產出人形燒時，居然有些興奮。

「今天的第一批人形燒喲！」

我聽懂了老闆的日語。這頓時讓我的心底有一種「啊！遇到今天第一批人形燒」的幸運感。濃郁的烤香四溢，我忽然想起來還沒有吃早餐呢。既然餓了，正好買下幾個來充飢。捧著紙袋裝的人形燒，熱騰騰的，感覺相當溫暖。

在大殿前淨手以後，我買了一束香拋進香爐裡，接著拾階向上進入正殿。一踏進正殿，我便深呼吸了一口氣。我喜歡空氣裡浮動著一股芬芳的檀香。

觀音菩薩端莊地矗立在大殿前方，我站在祂的面前，聽見木魚規律的敲打聲，微微地從前方傳出來，那是一種令人心安的頻率。

我從錢包裡掏出了五円硬幣，拋進前方的納金箱。我的餘光瞥見身旁的許願者。他們都許些什麼願望呢？

雙手合十，一股直覺冒上腦海。

「希望廣保和小寶貝能在天國相遇。」

我閉起眼睛來，在心裡許下這個誠懇的願望。

轉過身，看見大殿外的陽光從門口斜射進來。光線裡浮游著遠方香爐裡蒸騰而起的煙霧，充滿了溫度，柔軟地包裹著整個大廳，同時也擁抱起我來。

步出正殿以後，散步到寺院外的大樹下。枝葉扶疏的樹下有一張石椅，我坐了下來，身子恰好倚靠在樹幹上，十分舒服的姿勢。

廣保說得對，早晨的淺草確實不太一樣。
這麼想的當下，手摸到了背包裡一個陌生的東西。
啊，是剛剛帶出來的廣保的 **iPod**。
我將它拿了出來，戴上耳機。打開電源以後，看見螢幕上顯示的曲目只有標號，沒有歌名。我好奇平常的廣保，同事眼中死氣沉沉並且悶悶不樂的廣保，會聽些什麼歌曲。當音樂從耳機中流瀉出來時，我愣了許久，始終聽不出這到底是什麼音樂。最後，我詫異地發現了答案。
那居然是我跟廣保的聲音。
我幾乎要辨識不出來了。努力回想著錄音的時間，應該是非常多年以前在我懷孕的期間所錄製的吧。那時候，我們成天期盼著小寶貝的誕生。有一天，廣保拿出一把吉他，告訴我從前大學時他可是吉他社的，只是很久都沒有彈了。
「所以，現在要為肚子裡的小寶貝獻上一曲嗎？」我問他。
「我們一起來創作胎教音樂吧？」他的眼睛閃了閃。
我沒想到廣保有這樣的才能。能為即將來到這世界的小寶貝多做一些什麼，我們都歡喜無比。就這樣，花了一個星期的時間，我們每天晚上固定在睡前唱歌。完全是隨性的哼唱，沒有歌詞的，我跟著廣保亂彈的節奏，啦啦啦地一起「創作」出屬於我們三個人的音樂。

廣保拿了一台收音機錄下我們的歌。打算在日後彼此都很累的時候，就用錄音帶播放給肚子裡的小寶貝聆聽。這些要我跟廣保重新再唱一次絕對無法一模一樣的胎教音樂，雖然不是專業的歌曲，可是聽起來卻很舒服。連我們自己聽了，都覺得身心放鬆。

當時是用錄音帶錄的，我不知道什麼時候廣保將它轉成了電子檔，並且還帶來東京。都是將近七、八年前的東西了啊。

廣保的iPod裡除了這些歌曲外，完全沒有其他的歌。我難以置信這就是廣保經常聆聽的音樂。當我必須窩在小寶貝的嬰兒用品旁，才能安穩入睡的每一個夜晚，廣保是否也在聽這些為小寶貝所準備的音樂？

自從廣保決定離開我的那一刻起，我始終以為他早就不在乎我們那個夭折的孩子了。這些年來，無論我走到哪裡，跟誰居住，都必須將小寶貝從來沒用過的東西布置起來才能獲得安全感。雖然我不願意承認，但潛意識裡或許仍藉著這些東西，感覺到廣保至少曾經一起和我在乎過的一些事情。一切都改變了，只有小寶貝的東西保存了它們。

我縮在石椅上聽著音樂，整個人恍恍惚惚的。不知道過了多久，我彷彿見到了廣保和小寶貝。他們兩個人出現在前方的碎石子花園裡。沐浴在陽光裡的廣保，牽著小寶貝的手向我打招呼。小寶貝已經學會走路了啊。

「媽咪！媽咪！」我從來沒有聽過小寶貝說話的聲音，更不敢奢望他喊我一聲媽咪。看見小寶貝的手被廣保的大手緊緊握住，看見他們見到我時，臉上所綻放出來的滿足笑容，我打從心底地開心起來。

一陣風吹過，帶著沙的，我揉了揉雙眼，於是才發現，我睡著了。

我竟然睡著了。

許多年來，這是第一次不用躺在小寶貝的房間裡就能入睡。

瞬間，我潸然淚下。

在淚眼婆娑中，剛才見到的廣保和小寶貝，已經隱沒在陽光中。廣保和小寶貝死掉的殘酷性，似乎在這一瞬間也消散在大樹篩落的日光裡。

看了看手機上的時間顯示，已經接近中午了。

翻閱著通話記錄時，想起佐藤先生。

我撥了電話給他。

「昭琴小姐，妳好。妳在哪裡呢？聽起來在外面。」

「有沒有空一起吃個午飯呢？」我邀請他。

「可以的。妳的鼻音很重喲，感冒了嗎？」

「不是，是因為剛剛哭過一場。」

「啊。我還想今天天氣很好呢，沒想到東京也有下雨的地方。」

我噗哧一笑。真不明白，為什麼佐藤先生連說話的感覺，都那麼像以前的廣保呢？讓我幾乎又有了錯覺，以為要約吃飯的是年輕時的廣保。

「妳在三軒茶屋嗎？我過去找妳。」

「你方便來淺草嗎？」

「妳人在淺草？」他有點詫異。

「我正在淺草金龍寺。」

「好觀光客的地方啊！我應該有兩年沒去過了呢。不過妳要等一等我，現在出門，大概半小時才能到。那麼，約在哪裡見面呢？」

我想了想，回答他：「不如就在約雷門下見吧？」

「雷門？啊，好懷念的青春哪。可惜高校生的制服都丟了呢！」

原本在台北打電話時，感覺太過於禮貌而有些冷淡的佐藤，等到見面以後距離忽然拉近了許多。

我想起佐藤帶來的紙箱上寫著的漢字：天地無用。乍看之下是那麼負面的字眼，但原來有著迥然不同的字義。

時光是一個運送者，或快或慢，將每個人從出生運送到死亡。曾經與我在生命荒野裡相逢而過的，都為我貼上了一張「天地無用」的標語。像是一張護身符似的，讓我在時光運送者的手中，擁有了愈來愈穩固的自我，擁有一個沒有被錯置和顛倒的世界。那些失去的，只要我記著，它們就會陪伴著我，走向今後的各種地方。就算是孤單的，也不會感到寂寞。

正午的氣溫稍微暖和了起來，天空變得更亮，白雲也飄得更高。一個人沿著仲見世通走回雷門的路上，感覺到成群的觀光客簇擁而上。廣保口中那一個我已經見證到的寧靜的淺草，此刻又消失了。

人潮多到幾乎看不見前方，但所幸我很清楚我的方向。

只要一個人深深堅信著他願意相信的事物，那麼對他而言，一切就是真的了。

火餤

一種蔓延的姿勢。

是紅色的沒有錯。然而，卻並非全然的紅。

風來的時候，它們會開始擺動起來，彷彿要從這一處忽地奔向另一處似的，但在轉瞬之間又立刻縮回原地。如此來來回回地，跳躍著，舞動著。恍若蘊含豐盈的生命力，要用一種蔓延的姿勢，傳遞出鮮艷而光亮的色彩與熱力。

可是我明白，那樣的鮮豔光亮，卻依舊無力去照耀起這樣一個末世紀之城。因為角落太多，黑暗也太多；黑暗愈多，吞食的希望也愈多。

我靜靜張望著這樣的景致，一個人，在馬路分隔島的鐵椅上。

突然之間，我遭到襲擊。一陣冰涼倏地刷過臉龐，因為痛，所以我猛然驚醒。起先感受到痛覺，接著，我感覺到淡入聽覺的車子引擎聲，終於，我朦朧地再度看到眼前的景象。不知道失焦多久的視線，緩緩地回復正常，我看見離我而去的車子，在不遠的道路上又濺起另一堆積水，繼續向前行駛。

我看見，呆呆坐立在鐵椅上，一身濕的自己。

有好長的一段時間，我根本不覺得我的身旁有喧囂的車陣與人潮。我幾乎以為周遭是沒有音量的，是凝固的，是不屬於這裡的。此刻我才終於想起來，其實我已經坐了一整個下午了。

一整個下午，我就這樣看著那一片紅。我相信，任誰在遠遠的地方望去，一定都會被深深地吸引。

❄

我一直以為是全然的紅，但此刻卻發現不是。

在因風晃動之中，我看見藍色、青色、黃色，或者更多已經不能仔細分辨的顏色從爐中往上攀爬。火舌的末端，撕裂成絲，交互穿梭，在黑暗為背景中兀自造就了一幅抽象藝術畫。飛揚而起的煙灰，被火燄追逐著向上竄升，漸漸濃厚了煙，撲鼻而來。

「小心一點，不要太靠近。」妳說。

「只剩最後一疊了。」我站起身，退後幾步接近了妳。

我將最後的紙錢一把丟進火爐中，然後等待它燃燒殆盡。妳在我身旁陪著我，

小伶坐著輪椅，在紗窗門邊遠遠地注視著我們腳下的爐中之火。

黑夜。圍牆外的大樹，幾乎有一半的枯枝都跨進了我們的院子，攀過牆，將天遮去了一大半。我抬頭想找月亮找不到，卻看見這十幾年來都沒變的大樹，怎麼好像只是轉瞬間，葉子竟就少了好多、好多。小時候爬在樹幹上，翻進隔壁家院子的情景浮現出來，那時綠葉盎然，比對起現在眼前的樹葉稀疏，實在覺得此刻是極度的蒼涼。

「小伶，拿個塑膠袋過來裝灰燼。」我對妹妹說。

她將目光轉向我，有點冷淡。沒有說話，她只是把輪椅調頭，就進了客廳。

「你爸該不會是為了表示抗議吧？」妳對我說。

妳拿給我一小桶水，我澆進火將熄滅的爐子裡，立刻飄出濃煙。

「怎麼說？」我沒看妳。我拿著掃帚，翻過來將木棍放進火爐攪拌。

「抗議名正言順地住了幾十年的房子，突然面臨拆遷啊。」

我笑起來：「用死來抗議？拜託，他是生病過世的，又不是氣死的。」

「氣到生病，病到死。沒可能嗎？」妳問我。

「那麼多鄰居一起舉白布條抗議，有的老先生老太太的年齡比我爸還大，身體

也更差，而且比他更激動、更偏激，要說氣死也該是他們先氣死。爸可能只是跟著老鄰居一起起鬨，我想他也搞不清楚自己的房子，到底是不是要劃平變成公園吧？」我說。

「那就大概是你爸搶第一搶習慣了。他不是老誇他自己以前在大陸，是他們中學裡『第一個』主動報名入軍隊的人嗎？」

「還得了張獎狀。不過我不信，我從來沒見到那張獎狀過。」我回答。

我將爐子拉到妳的另一旁，回身的時候，我故意從後面抱住了妳。

「塑膠袋！」小伶突然衝出的話，把我嚇一跳。

我鬆開環抱著妳的雙手，看見正推開紗窗滑著輪椅出來的她。她的眼神不知道為什麼，看起來十分炙熱，就像方才爐中燃燒的火燄。

拿過小伶手上的塑膠袋，我把爐子裡泥濕的灰燼倒進袋子中。

「這麼多……」我有點抱怨燒紙錢的麻煩：「小伶，有沒有賣VISA啊？下次妳去買金紙，如果有，就買這種。燒一、兩張信用卡多方便，爸也不用帶那麼錢，我們也不必這麼麻煩。」

「哥，爸才過世沒多久，你就開始嫌燒紙錢麻煩了？」小伶的口氣不太好。

我有點驚訝她的話，只好笑著打圓場說：

「別這樣嘛，我知道妳的工作是拉人去辦信用卡的，可是總不能真的向妳們公司替死去的爸申請卡，然後拿來燒吧？」

她瞪了我一眼，又將眼神看向妳。她盯著妳，妳竟然就替她說話了：

「阿星，別這麼說了。」

妳們好像兩個人站在了同一陣線，我不再多說。小伶用手滑著輪椅進了屋子裡，我將塑膠袋綁起來打開院子大門，要丟到垃圾集中處。

妳開口說妳要陪我去，我卻說不用了。

一走出大門，我完全感覺不到現在是夜裡十一點。整個村子熱鬧騰騰，鄰居們為了抗議拆遷安家問題，這幾天都像這樣，家家戶戶輪流挑燈靜坐，高舉白布條。林森北路上這些天也開始集結幾個民意代表，開著宣傳車在路上叫陣，支持抗議。我從小就認識的太太或阿姨們，都聚集在一塊，乾脆就泡起了茶，圍在一起聊天。爸一起過海而來的同事們，抗議歸抗議，下棋還是不能忘，既然現在外頭熱鬧了，他們也移師到矮房子外的路上來。

我爸在這種敏感的節骨眼上過世，對他們而言，實在是損失了一名大將，一個精神領袖。我從來沒有參與過他們的抗議行動，因為我覺得我就算參與了，也對這個抗議行動增加不了多少說服力。只有像爸這種十幾歲以後就住到這裡，一直住到過世的人，好像才有幾分資格來抗議他們對拆遷安排的不滿意。

「沈山是幸運啦，不必眼睜睜看著房子被拆。去了天國住，還可以見到他老婆了。」我經過一個年紀六十多的老先生，是爸過去的同事。他知道我剛燒完紙錢，便這麼跟我說。

老伯現在一個人住，老婆很年輕，不過人早就不見了。我原以為他沒有兒女，但很久以前問了他，他卻說他的兒女都很有成就，只是在美國工作，沒辦法常回來。誰知道是真是假。

「肯定是假的。」妳聽了以後說：

「就像在你爸眼前的世界一樣，都是假的。」

❄

那種熱度彷彿是由裡而外，漸漸地蔓延。

一開始甚至是感覺有些冰涼的，但旋即強烈的熱感就傳導開來，從每一個毛細孔中把皮膚內的濕度吸收出來，身體的溫度就立刻向上竄升。心臟高頻率的跳動來來回回，將血液溫熱如火，火舌交互穿梭。

結束了以後，妳趴在我的身上，聽著窗外嘩啦啦的雨聲。

「你到底找工作了沒？」妳突然開口。

我有點不耐煩，抽離了妳的身體：「現在不要問這個。」

「對不起。可是……如果你連工作都騙你爸，那還有什麼意義？」

「喂，我願意騙嗎？是妳不願意辦結婚的，不是我。」我說。

我和妳住在同一個屋簷下將近半年了。這半年以來，爸真的以為我們已經結婚了。聽起來很荒唐：我們的結婚效用，其實只在我跟妳及父親之間才成立。

一開始我們也擔心會不會被爸拆穿，但是爸真的就這樣相信了。

我猜想年紀大的人，可能對「證實」這樣一個辨證過程，都會有一套自己的理解和邏輯方式，有很多事情他們只要知道結果或者覺得大概發生了，便不會多去追問過程和實情。我當然是希望不要騙爸爸的，但妳有妳的堅持，所以，我為了爸的病情著想，只好演了這齣戲。

一年前爸住進醫院時，醫生告訴了我他癌症的嚴重性。在藥物治療的有限效力下，醫生說既然如此，只好靠家人的心理治療，恐怕還會有效些。

「怎麼心理治療？爸最需要的恐怕只是媽，那我所能做的，只是每天燒香拜拜，請她託夢給爸吧。」當時我對小伶這麼說。

「結婚啊！爸不常說希望早點看見你有大事業賺大錢，然後趕快成家結婚，他就會很開心了嗎？」小伶說。

所以我便向妳求婚了。可是妳卻拒絕了我。

「你爸不會要求辦酒席，身體狀況也不可能到教堂看我們成婚，我就搬去你家，然後就跟你爸說我們已經結婚了，他可能就會相信了。」妳說。
「既然是這樣，為什麼不乾脆結婚？」我問妳。
妳那時用著一副很懷疑的眼神看著我：「誰養得起誰？」
原來愛情的力量是那麼薄弱。面對婚姻的時候，一切只有現實，不再有幻夢。我不知道這是不是妳不結婚的真正理由，雖然我可能可以猜得到一定有其他原因，但我不想追問了。問了也沒什麼意義，反正妳一開始就說不想，我再怎麼央求也只是勉強。我不願。

當妳正式搬進來，當我們和小伶真的跟爸說我們結婚，而且他居然完全沒有懷疑的時候，竟是我第一次感覺到，他真的老了。
我之所以想要繼續這樣下去，是因為我慢慢發現，爸的病情似乎真的穩定了一些。如果真像小伶說的那樣，讓爸覺得我結婚了，而且好像有一份很能賺錢的工作他就會開心，那麼這便是他病情會穩定的原因。我們都知道爸撐不了多久，因此這麼做若能使他安心一點兒離開，也算功德一件。

可能基於軍隊裡部屬絕對服從長官的形式，爸對他朋友說我們已經結婚，他們竟也深信不疑。真是奇怪的集體意識與力量。
不知道是第幾次做愛的夜晚，台北城的雨也是像今天這樣下著。
嘩啦嘩啦的，相當倔強。

妳穿起衣服翻下床，電話突然響起。妳一接起電話，我便知道事情不對勁。我在妳的臉上看見呆滯，雖然面無表情但我卻感覺到妳臉皮下的緊繃，幾乎要扭曲了。我把電話搶過來聽，是從醫院打來的。

爸在他的房間裡，出事的當然不會是他。是小伶騎機車出了車禍。

電話掛去了以後，除了窗外雨聲，一切又恢復了寂靜。

我看著妳，妳的眼神很不安地也看著我。在潮濕的老舊房屋裡，這種氛圍令人窒息。我以為遇見這種情況，我們都會立刻放聲大哭，可是居然沒有。在去醫院的路上，在看見小伶從手術房裡被推出來的時候，我們大概因為太過於震驚，以至於悲傷移轉了哭泣的能力，所以都很沉默地面對這一切。感覺被震撼所麻木了，所以整個人便像是行屍走肉。

回家的時候，我們坐在計程車裡，司機沒有開音響，空間又是一片寂靜。「我們高潮的時候，小伶正出了車禍。」

妳撕開沉寂，竟然開口說這句話。司機和我同時用照後鏡看向妳。

接著，妳終於忍不住哭了。妳把臉埋在自己的雙手中，不斷抽搐著。

我當然也很難過，但卻不明白，原來妳的難過會有這麼濃厚、這麼深刻。這麼不平凡。

不規則的圖樣，從邊緣向上彎曲攀爬。一種漸層的紅色，很有熱度與活力地暈染開來，在末端如火絲地盤繞著，繞過每一層面。

❄

我捧著這個紅色的紙盒，終於把停留許久的目光焦距離開了它，投向客廳裡的其他人。深吸了一口氣，我開始說話：

「這個維他命真的很棒，原裝進口的。天然取材，對我們身體的健康非常有益。尤其是伯伯阿姨們，你們現在上了年紀，要多注重自己的健康啊！」

爸知道我開始做直銷，就把左鄰右舍的的阿姨伯伯、爺爺奶奶們，都約在今天這個時間到我們家裡來，說是要我跟他們好好推銷一番。這麼多年的老鄰居了，一定會捧場，那麼我的業績肯定更高，在公司的地位也更有看頭。

「真的很棒，我自己吃了就知道真的很不錯，所以才推薦你們啊！」爸在一旁替我拉生意，隔壁的王婆婆聽了就說：

「你兒子當經理，賺不少錢回來吧？」

爸居然用一種很驕傲的口氣回答：「當然。我兒子跟我說，他不是一般那種直銷員，他除了賣直銷，也在公司擔任行政經理呢！是不是？」

爸拍拍我，我很心虛地笑了笑。我心虛，因為我根本不是什麼行政經理，也沒在辦公室上班，我真的只是一個挨家挨戶拜訪的直銷員。

我當完兵以後，工作換了五、六個，爸總嫌我我做的那些工作都賺不了大錢，跟別人家孩子比起來，念書念不過人，錢也賺不過別人，簡直相差十萬八千里。跟朋友合伙泡沫紅茶店、賣手機之後，我決定搞直銷。這家直銷公司並不是一般人知道的外國企業，其實只是我幾個在當兵認識的朋友搞的小本生意，我沒錢投資入股，當然不可能坐進冷氣房裡當白領階級。他們說，那麼我可以去外頭推銷生意，而且分析給我聽，跑外務的錢還比他們多，所以我才答應。

「直銷算大事業嗎？」爸知道了以後就問我。

我點頭，指著第一次帶回來的貨說：「喏，沒看見嗎？eternal，就是事業可以又大又恆久啊！」

我只好這麼說，他信了。他當然相信，因為連我跟妳根本沒有結婚，只是隨便說說他也相信。小伶說得很對，自從爸以為我跟妳結了婚，而且以為我擁有什麼大事業以後，他的情緒就帶動了生理，癌症的病情惡化得比較慢了。

小伶發生車禍已經兩個月，她的腳受到嚴重的壓傷和撞擊，小腿的骨架當場斷開，醫生想盡方法接合，但是仍不敢保證能不能完全恢復。現在的她必須倚賴輪椅行動，過去那個活潑亂跳的女孩，一下子變成這樣，無論她或是我們，都有點不能接受。小伶的脾氣開始變得容易暴躁，但是她並不會常對我發脾氣，奇怪的是她常對妳生氣。不過，我從來沒看見妳抱怨過。

那天我們煮消夜吃時，爸和她在客廳前看著電視，等著我們。我和妳有說有笑地從從廚房將消夜端上，然後替爸及小伶盛裝時，我很自然地站在妳身後，雙手繞過妳的腰幫妳的忙，沒想到我把碗拿給小伶時，卻看見她狠狠地瞪著我跟妳，碗放在她身前時，她竟用力地吐了口水在碗裡面。

「怎麼啦？」爸問。她不說話。

沒有人說話，只有電視傳來的喧鬧聲音。

「妳幹嘛？」我很生氣。

她的眼神很兇，但卻是射向妳，不是我。我感覺到妳的身子似乎變得十分僵硬，但我不知道為什麼。

我看不過去小伶這個樣子，猛地將湯匙甩向她的輪椅，響烈的撞擊聲之後，湯匙落在了地板上。

「別把地板敲壞了。」爸倒是很平靜。我說：

「這爛房子反正也快改建公園了，敲壞又怎樣？」

爸突然轉向我，把一個字一個字重重地撂下：「它、不、爛。」

❄

都爛了。火爐裡的火燄，一下子便把我做直銷的文件燒得一乾二淨，所有紙張上的文字和夢想，全都燒爛了。反正留著也沒什麼用，乾脆就燒了吧。

我蹲在火爐邊，看著自己的工作，也同時在燃燒中化為了灰燼。四個多星期以後，我的那些直銷上層的軍中伙伴們，被一個老千騙了錢，所有的資金都被拿走，卻提不到貨，公司宣布倒閉。

我卻還是每天西裝筆挺地在早上出門上班，在晚餐的時候回家。吃飯的時候，爸依然會問起今天工作的狀況，公司裡有沒有發生什麼有趣的事，或者還會問我什麼時候會再升職，我還是一一地回答了他。

小伶和妳都知道實情，知道我根本現在是無業遊民，但也沉默地讓我撒謊。我覺得，總有一天我可以拿下什麼金馬獎之類的演技獎項。

爸的身體在我失業的那段期間，開始惡化。如果我現在告訴他，我失業了，對他沒什麼好處，我恐怕還會被他趕出家門。所以我選擇不說。

有一天晚上，我進了他的房間替他送藥。一開門，竟然看見他在房間的小電視裡，播放著很久以前我們用V8拍慶祝媽生日的帶子。我站在門口，有些意外，靜靜地看著他。爸很專心地盯著電視機，拿著遙控器，看見沒有媽的畫面時就立刻將錄影機快轉，畫面上出現了媽，他才停下來。而且更不可思議的是，我竟發現他在身後居然架起了V8攝影機，就對著電視拍攝著。

他一個人很忙碌地翻拍著一卷只有媽畫面的帶子，完全沒發現我在房門邊。電視拍完了，他就從媽的首飾盒翻出一大堆媽的東西還有照片，開始拿起攝影機繼續拍攝它們。

我看著，竟有一股欲哭的觸動。

我將藥放在門口的床邊，輕輕地把門帶上離開，沒有驚動。

沒有過多久，爸就不得不住進醫院。房子愈來愈接近拆遷的日子，每天新聞都可以看見螢幕上報導著自己的家園，有點不太習慣。各種抗議活動結合著各種形式開始進行著，有的時候我看著那些白布條標語，零亂地掛在我從小生長的這個地方，而馬路中黨派宣傳車上擴音器大聲喧嘩著，我的鄰居們也跟著搖旗吶喊，突然覺得一切都好陌生。

這是我認識的林森北路嗎？

爸其實不是那麼反對拆遷，而且還跟我說，以後這邊要是變成像大安公園那樣也很不錯。但是，他卻還是跟著鄰居們一起抗議著。

也許，他只是害怕房子拆了，所有他的記憶也跟著拆去了。

住院後短短的一個多星期以後，他便過世了。村子裡的人都很驚訝爸這麼快就過世了，以為只是到醫院看看就馬上能回來，沒有想到，和他們死守著歲月關口的同袍，這麼快又凋零了一個。

「就像在你爸眼前的世界一樣，都是假的。」

我和妳親密的夫妻關係，建立在父親眼前「假的世界」裡，當父親這個角色抽離了以後，建立在我們之間的橋梁，當然也隨之坍塌了。

沒有多久，妳終於開口，要求結束我們的假結婚關係。

「不必再裝了，無論是我們，或是你的工作。」妳說。

「妳為什麼這麼說，好像很痛苦？」我問。

「我沒說痛苦，可是本來就是這樣，我們並沒有結婚。我的意思是恭喜解脫了，你不必再偽裝。」妳回答。

「妳是說我解脫了，還是妳解脫了？」我冷冷地回妳。

妳漠然。看著我的眼神頓時轉開。

我一直覺得我和妳的關係，總有一段拉不近的距離，很模糊的，即使我和妳用最貼近彼此的方式激情著，依舊有一層透明的隔閡，難以言說。現在，這種感覺更加明顯。

「妳為什麼不願跟我真結婚？只是因為我沒好工作嗎？如果真是這樣，妳為什麼願意住進來？如果妳不是因為想天天見到我才住進來，那是為誰？難道是我爸嗎？」我笑了一下：「不會是我妹吧？」

妳沉默沒說話。我的笑容也僵硬了。

原來在那段拉不近的距離中，不是只有我和妳。

第二天，妳去上班的時候，我待在家裡，不知怎麼突然心血來潮，翻了妳的抽屜和皮箱，沒想到我看見了幾封信和照片的時候，我立即有一種被電擊的震撼。我衝向小伶的房間，把小伶的抽屜也瘋狂似地翻飛出來。

「你做什麼！住手！」

小伶在房間很驚訝我這種舉動，努力滑著輪椅衝過來，阻止我翻她的抽屜。終於我停手了。我拿著好幾封信，還有一大堆相片，倉皇地看著。

陽光從木製窗櫺間照射進屋裡，在斑駁的房間中，呈現一種褪退的色澤。灑在信紙和照片上，同時也將我一直以為和妳擁有的美好記憶，一起褪色了。

浮塵在陽光照開的空氣中緩緩游動著，好沉靜。我緊緊握著妳和她的照片與字條，終於明白小伶為什麼介紹我們交往的原因，接著明白妳願意答應藉著假結婚而同住屋簷下的真正用意，瞭解為何每次我在小伶面前與妳親熱，她必定冷眼相待的情緒。

可笑的是原來只有我的世界，是假的。

手中的信紙和照片幾乎快被捏爛了，而我緊握的手仍未放鬆，一根一根手指頭深陷肉身，穿透手掌，像是要抓回什麼記憶中的東西，但愈是用力，愈是失去。

我掏出打火機，燃亮火燄。

❄

我點起一根菸，看著煙草末端的火苗一閃一閃的，開始向周圍擴散燃燒。

把我過去跟妳的回憶，一起燃燒了。

不知道，今天是我一個人坐在分隔島上度過的第幾個午后。

幾個小時以前，我在草坪裡撿到一罐紅色的顏料。我一邊走著，一邊將顏料灑在綠草上，從分隔島的彼端帶到此端。

最後我坐在這張椅子上望著前方，才知道其實走了一大段路，顏料只夠染到一開始的地方。我專心地注視著那一小片的紅，可能是因為冷風的吹動搖擺，或者因為小雨朦朧了距離下的視線，總之，我看著看著，竟覺得那一片被顏料染色的草皮，像極了星星之火，準備用一種蔓延的姿勢，開始擴散。

在腦海中想像的熊熊火燄，不停地像是癌細胞開始蔓延著，不斷無情地燃燒著我跟妳的記憶片段。我想要阻止，卻無能為力，只能任大火將它們化為灰燼。

我搬出來住的這段日子，那間等待死亡的矮房子就丟給了妳們。我其實很明白，真正等待死亡的是我，而待在眷村中的妳們，是新生。

我主動地離開妳，但是卻常常想起妳。

想起小伶，想起爸媽，和那間破舊的房子。

就像在你爸眼前的世界一樣，都是假的。我一直想起妳說過的這句話，在這些日子裡。爸眼前的世界，真的是假的嗎？回想著，我卻漸漸發覺，或許只要一個人深深堅信著他願意相信的事物，那麼對他而言，一切就是真的了。爸相信著那間屋子會永垂不朽；他不斷翻拍著媽的錄像畫面，相信著有一天可以拿著這卷帶子，當作他們天國重逢的見面禮；他也不聞不問，相信著我和妳的婚姻關係。如此堅信著，永誌不渝，一切在他的眼前或許就是真實。

而別人怎麼想，重要嗎？

那麼是不是我也應該相信，妳真的曾經愛過我？

離開後，我借住到了朋友家，還是沒有找到適合自己的工作。究竟什麼是適合自己的工作呢？我還在想。

我每天仍然穿得很像上班族，在清晨出門，然後很茫然地繞這個城市一圈，偶爾就像現在一樣坐到人行道或分隔島上，呆呆地張望周遭。

黃昏了，我也跟著其他下班的人一樣擠著公車回到朋友家。朋友要是問起工作，我也可以回答，而且還能告訴他今天辦公室同事間發生的趣事。我說，不久以後我賺的錢，就可以租間房子，不必再麻煩他了。

我的不確定感，放在這個城市裡其實並不突兀。

反正茫然，也是一種方向。

我終於離開了眼前那片被我染成紅色的草皮，走回繁忙入夜的忠孝東路上。世紀中興起的眷村，在世紀末拆建。今天是拆遷期限的最後一天，我經過店家的時候正播告著晚間新聞，不斷放送著公園預定地，也就是我們那個眷村的畫面。突然間鏡頭一轉，記者竟然說村子裡有失火的跡象，消防車已經趕到，但消息必須再證實。

畫面又突然閃回抗議的人群中，我看見幾張鄰居的面孔。

我會看見妳嗎？

失火了，火燄就要熊熊地燒掉記憶了。

我想，父親一定會難過的。

那麼，妳會難過嗎？

如果會，妳將為哪一段記憶而難過？

雨割特典

如果我們和別人不同，那麼絕不是怪里怪氣，而是值得自豪的特色；一種使我們不無聊，與眾不同的特色。

「雨割特典，實施中。」

每當日本下起雨時，經常都會看見店家門前，張貼起這樣的標示。

家霖第一次遇見「雨割特典」這四個日文漢字，是在銀座後巷一間極不起眼的拉麵店外。

歪扭而霸氣的毛筆字跡，龍飛鳳舞似地盤據在一張白紙上，大剌剌地貼在店門前。因為這張紙，家霖才發現原來這裡有一間連招牌也沒有的拉麵店。

他拿打工度假簽證來到東京快要半年，只剩下最後一個月就要回台灣了，每天出沒在這一帶，卻從來沒注意過這條巷子裡，有這麼一間低調的店。

這天傍晚，在綿綿細雨中撐著傘的家霖，佇立於店門前，專心地看著那幾個毛筆字，最後，不經意地用中文緩緩地念出聲來。

「雨割特典。」

用日文該怎麼念呢？他知道「特典」是贈品的意思，但是，雨，為什麼要割棄禮物？

他準備拿出手機查詢，但就在他偏過身子的剎那，差點沒被嚇到魂飛魄散。

無聲無息的，他身後居然站了一個人。

對方的傘擋住了臉，是男是女，他看不出來。

入夜後的銀座通常燈火通明，偏偏就屬這條巷子特別漆黑，加上今天下雨的緣故，昏黃的路燈顯得更加迷濛詭譎。

家霖忽然感到一陣毛毛的。日本鬼故事看太多，他胡思亂想，萬一眼前的人把傘拿開，是個沒有五官的鬼，他該怎麼辦？

「雨、割、特、典。」

傘下傳來男生的聲音，緩慢地重複說了一次家霖剛剛說的話。

生澀的中文發音，一聽就知道是個正在學中文的日本人。

對方把傘移開後，家霖知道自己真是多慮了。

那是個臉龐清秀的男生。

家霖對他感到似曾相識，但是又想，可能只是因為在他眼中，長得好看的男生大多都是這個模樣，所以才感覺面熟。

「雨、割、特、典。是這樣念，對嗎？」

那男生又念了一次。竭盡所能把每一個中文字，乾淨俐落地送出唇邊，努力串連出這一句話來。

「你是說，雨割特典？是這樣念，沒有錯。」

家霖不由自主地放慢了說話的速度。

「你覺得會打幾折呢？」

「什麼？」

「ame-wari-toku-ten，雨割特典呀，它只是這麼寫，卻沒有說會有多少的優惠折價。」

「喔，對耶，什麼也沒寫。」家霖聳聳肩。

這時候家霖才知道，原來「雨割特典」的念法和意思是什麼。他想起來「割」字是日文裡的「割引」，有降價的意思，而「雨割特典」原來指的是遇到下雨天時，店家就會有降價的優惠。

「你學過中文？你的中文說得很好。」

家霖稱讚眼前的男生，對他充滿好奇。

「一點點，說得不好，快忘光了。大學時，我在台北當過交換學生，住了快一年。」

這次他一口氣說得很長。雖然咬字和腔調有待加強，但完全能夠理解。

「一年而已？就可以說到這樣的程度，很厲害好嗎！我來東京半年了，日文還是很破。」

「不會。你的日文很流利。」

家霖愣了一會兒，滿臉詫異地問：

「你聽過我說日文？怎麼會？」

家霖語畢，飢腸轆轆的肚子忽地傳來一陣聲音，滿臉尷尬。

對方顯然也聽見了，忍不住失笑。

「我們要不要進去吃拉麵？」男生問。

家霖摸了摸仍然叫不停的肚子，點頭答應。

這一天，是青木猶豫了好幾個星期後，終於鼓起勇氣，決定上前對家霖開口說話的第一天。

那同時也是日本氣象廳宣布，今年夏天，東京正式「入梅」的第一天。

❄

邊吃邊聊，家霖才知道這個叫做青木的男孩，原來跟他在同一個地方上班。

那是一棟在銀座的生活雜貨專賣店。家霖在三樓收銀台結帳，並同時幫忙外國旅客退稅，而青木則在五樓收銀台。

「有兩、三次，因為退稅櫃台排隊的人太多了，主管要我下來協助幫忙，有看到你。」青木說。

家霖陷入思索，一會兒，突然眼睛一亮，說：

「啊！我想起來了！你都坐在後面幫忙包裝對吧？我有印象。因為我常常站得腳好痠，回頭看見你，心想為什麼你可以一直坐著就好。哈哈哈！所以，你應該是主管吧？當上主管就可以比較輕鬆了。」

青木回答：「不是喔，我不是。」

「那就是命好了，可以一直坐著工作。」

青木突然沉默下來，淡淡地微笑著，不再開口。

他的反應，讓家霖感覺彷彿自己說錯話似的，把場面給搞冷了。他試圖轉移話題，開口打破沉默。

「你本來就知道我是台灣人？」

「聽其他同事提過。因為我喜歡台灣，知道店裡有台灣工讀生時就會特別留意。所以，我聽過你在結帳時遇到日本客人說日文，講得很流利。」

「結帳時說的日文都是制式的句子。背起來，每天重複講，才有很會講的假象。

我其實很怕聽到我自己講日文。」

「為什麼？」

「怪腔怪調的，自己都聽不下去。」

「我的中文也怪腔怪調的吧？」

家霖搔搔頭，急於解釋，趕緊補充說道：

「聽別人說外語沒問題。我的意思純粹是我聽自己講日文時，因為不標準，聽起來難受。」

「那不是怪腔怪調，是特色。當我聽外國人說日文時都覺得很可愛。既然外國人在日本，就應該保持外國人該有的特色。要是日文說得跟日本人一樣，那就是日本人啦！無聊了，沒特色。」

家霖第一次聽到有日本人這麼對他說。他身邊認識許多住在日本的台灣人，總希望自己言行舉止不會被一眼看穿是個外國人。彷彿那樣就代表被當地人認可了，能夠降低被另眼看待的差別。

家霖的日文完全是自學的。因為這樣，總覺得自己不夠好，不敢開口講。他抱著日文可以進步的期望，申請打工度假來到東京。可是，真正來了以後，才知道公司之所以會雇用外國人，大多是希望他們去服務海外來的遊客。

半年來，他每天講得最多的還是中文。同一層樓工作的同事有一半是華人，雖然也有日本人，但他對自己的日文沒自信，很少與人攀談。

家霖自以為是缺點的，其實卻是青木最初注意到他的優點。

青木第一次注意到家霖，是在收銀台聽到他說日文。那一刻，他好奇地放下手上的工作，抬頭看見了家霖的臉。

家霖說日文時的感覺，竟讓青木聯想到炎夏時節，台灣盛產的芒果，腔調中恍若散發著一股濃郁的香甜。

❄

「又下雨了。我們的『雨割特典美食巡禮』今天也將如期展開嗎？」

「當然！今天就是第四間了吧！」

那天以後，只要遇到下雨，青木就會提出這樣的邀約，而家霖也總像個孩子蒐集玩具似的，興高采烈地答應。

他們兩個人開始迷上找尋大街小巷裡，每逢下雨，就會有「雨割特典」的餐廳，發掘出更多從前未曾留意的美味。

家霖原本以為東京的梅雨季會像台北，雨下個不停，但後來才知道，東京即使梅雨季，也不一定天天下雨。

東京的梅雨季平均在六月上旬「入梅」，七月中旬左右「出梅」。今年差不多等到出梅之際，也就是家霖要離開日本的時候。

這一晚下班後，他們準備去東銀座的一間西班牙餐廳。兩個人走到一半，查看手機確認地址的家霖，忽然發現距離店家的Last Order只剩五分鐘。

「現在衝過去應該還來得及！」

家霖說完便開始跑起來，但眼角餘光卻發現青木沒跟上。他回頭，看見青木只是加快了腳步，卻沒有奔跑。

「我們跑一下吧！」家霖說。

青木面露難色。

「衝刺一下就可以趕上了！」

「對不起。」青木竟道歉。

「怎麼了？」

「我，沒辦法，這麼跑。」

青木把右腳的褲管拉起來，從膝關節以下，露出的是一隻義肢。

家霖怔忡著，久久無法言語。對於先前沒大腦的發言，感到愧疚。

反倒是青木先開口了，眼神是充滿理解的光，在夜中炯炯發亮。

「最近換了新的義肢，還在適應中。站久了，大腿會瘦，跑步就更辛苦一點了。

但是，過段時間就沒問題了。嘿，我是不是嚇到你？」

家霖猛搖頭，充滿歉意地說：

「不好意思，居然完全沒看出來。好粗心。」

「可別同情我，這是我跟人不同的特色，我很驕傲的。別忘了，我說過的，要是跟大家都一樣的話，那就無聊了。」

「你才不會無聊呢！你很有特色。」家霖誠心誠意地說。

「是特別好色。」

「哇！你哪裡學來這些話的！」

「學校沒教的事，我懂很多。」

他們兩個對視，捧腹大笑。

如果我們和別人不同，那麼絕不是怪里怪氣，而是值得自豪的特色；一種使我們不無聊，與眾不同的特色。

家霖咀嚼著青木的話，得出這樣的結論。

❄

一晃眼，今年關東的梅雨季正式結束了。

猛暑氣候到來，逼近著家霖要離開日本的時程。

那天之後，雨很少下。偶爾下午來場陣雷陣雨，多是急促的，未到傍晚就停歇。晚餐時店家的「雨割特典」沒有實施，美食巡禮也沒再繼續。

家霖離開日本的前一天，青木恰好排休，約了吃飯替他餞行。原本是極好的晴日，怎料吃完飯，走往車站的途中竟倏地變天，下起滂沱大雨。

兩個人都沒帶傘，附近也沒有便利商店，兩個人瞬間變成落湯雞。

「雨愈來愈大！地鐵站快到了，我們跑一下吧！」家霖說。

青木愣著，以為家霖忘了他的狀況，但家霖旋即開口：

「交給我，用我的方式跑。」

青木還未會過意，家霖就轉過身背對著青木蹲下來。他猛地將青木給攬到腰際，要青木跨坐上來。

「不會吧？」青木瞪大眼睛。

「沒問題啦，讓你見識一下台灣人有多粗勇。」

家霖揹起青木，開始在大雨紛飛的夜裡奔跑。他氣喘吁吁，但不覺得辛苦，因為每一次，都是愉悅的換氣。

「好像註定我們見面吃飯，一定得有雨。」

青木的胸膛貼著家霖的背脊，雙手繞過他的雙肩，輕聲地說。

家霖鼓起勇氣，提出意在言外的邀請：

「那你快來台北玩吧！因為平均一年，台北比東京多了三倍的雨。」

「看來非去不可了。」青木笑著答應。

嘩啦啦的雨聲替代了言語，在天地間敲擊出彼此激動的心意。

家霖從來都對多雨的城市沒有好感，可是，在這一個雨季結束卻下著大雨的東京夜裡，他開始期待明天以後，台北的雨。

偷偷告訴你

兩個帶著傷的人相遇，目的絕不是要累積兩人份的悲傷，而是通過相濡以沫的療傷，達到負負得正的成長。

奈奈有個奇怪的習慣。每天早晨上班時，不管晴雨，無論冬夏，她總是要在公司的前一站提前下車。明明一班車就能抵達她上班地方——東京晴空塔，可是，奈奈卻總是堅持要淺草站下車。

她喜歡提早出門，然後從淺草站開始步行，踏上吾妻橋，跨過隅田川，看著遠方奔馳而過的電車，最後沿著下町巷弄裡的靜謐小徑，慢慢走向東京晴空塔。

從不同角度和樓房的縫隙中遠眺晴空塔，對奈奈來說是一種樂趣。

有時轉個彎，或者天候改變，晴空塔就有了不同的表情。

奈奈因此總想到岩手縣老家的爸爸。

爸爸總是將這句話掛在嘴上：「多走路，才有新風景。」

走的路都是同樣的，哪會因為多走幾次，就都變出新東西來呢？小時候的奈奈總覺得這句話沒什麼邏輯性，但現在她終於有所體悟。

可惜，已經沒有機會分享給爸爸知道。

決定上京的那一天，奈奈哭得比媽媽還傷心。

震災後的隔年，從料理學校畢業的奈奈，打算放棄已經錄取的工作機會，留在岩手老家幫忙。結果，這片孝心，媽媽並不領情。

媽媽不希望奈奈因為家裡的事，放棄了好不容易爭取到在東京晴空塔的展望台工作，而且還是知名餐廳的廚師助理。

「說不定好好努力，以後當上大廚，還可以決定使用家裡田地種植的蔬菜呢！全家都光榮了。」媽媽說。

「可是，從此以後，老家只剩下媽媽一個人……」奈奈不捨地說。

「還有妹妹幫忙，不用擔心！你爸要是知道妳放棄了想做的事情，他會不開心的。要是他回來時，他肯定會……」

話說到這裡，奈奈的媽媽就語塞了。

她和奈奈對視著，說話的媽媽沒流淚，反倒奈奈流下了滾熱的淚水。

奈奈的爸爸在東日本大震災，因為工作而被海嘯捲走。從那天起就生死渺無音訊，成為失蹤人口名單上的一個名字。

爸爸沒有死，只是失蹤了。

他們寧願這麼相信著。

日子還是要過的。奈奈的媽媽仍希望孩子的夢想繼續高飛。奈奈背負著媽媽的期望背井離鄉，來到東京，進入號稱全球最高的電波塔裡的高層餐廳工作。雖然還只是個助理，但每天都扎實地學習到很多經驗。

每一個來到晴空塔上的旅客，都帶著興奮愉悅的笑容；每一個走進餐廳的顧客，都期望著飽餐一頓。

奈奈看著每個人的笑靨，在高空的餐廳裡，感覺為大家料理一道留在記憶中的美食，是一件光榮的事。

除了「多走路才能看見新風景」以外，奈奈始終還記得小時候，陪著爸爸在岩手老家的田地裡工作時，他曾經說過的另外一句話。

「上面的人一定會注意到我們家這塊田地的！」

「上面的？飛機上的人嗎？」

田地在飛機的航道上，奈奈語畢，恰好一架飛機在高空中緩緩滑行而過。

「我們家的田地，跟別家比起來特別小，怎麼可能會注意到呢？」

奈奈不相信。

「只要特別，就會被注意到。有機會的話，爸爸也想飛到上空看看我們家的田地。」爸爸呵呵地笑起來：「總之，一想到隨時會被注意到，我們就得好好把這塊小地方給栽種好，才不會不好意思哪！」

爸爸自顧自地說著，奈奈則似懂非懂地點點頭。

如今，爸爸應該已經從天上俯瞰過家裡那塊田地的模樣了吧？不知道是什麼樣的感覺呢？有機會的話，奈奈也想要坐到飛機上去看一看。

事實上，奈奈並沒有幾次搭飛機經驗。因此，她總是幻想著在晴空塔工作的自己，像是空中小姐一樣，在很高的天空中，有如搭乘一架巨型的飛機。

有時候幫忙外場的工作，奈奈詢問顧客要茶或是咖啡時，她會瞥見窗外的景致，那一刻常常誤以為自己真的正在飛行。

東京晴空塔真的是不會動的嗎？說不定像是宮崎駿的動畫一樣，原來是一座移動城堡呢！誰能保證，哪一天說不定工作到一半，突然望向窗外時，腳下的景致，會忽然變成岩手縣的綠野呢？

❄

東京晴空塔自開幕以來，奈奈每天就是以這種方式去上班的。

每天提早一站下車，從地上的各種角度仰望晴空塔，慢慢靠近，然後搭上高速電梯奔向塔頂，俯瞰整個東京，對奈奈來說更是開心。

爸爸說得沒錯，多走路才能看見新風景。就在一個月前，奈奈發現了在晴空塔下的商店街，忽然公告要開一間賣台灣珍珠奶茶的小店。

原本墨田這一帶是很老舊的下町，除了住宅區以外，多數是中小企業的工廠，直到晴空塔的出現，才舊瓶釀新酒似地漸漸出現新面孔。一間接著一間開，像是同樂會一樣，吸引著各種背景的人聚在一起，很是熱鬧。

不過，奈奈怎麼也沒料到，這一次開的店，是她喜歡的珍珠奶茶店。她的心裡震了震。童年往事湧上心頭。

奈奈喜歡喝珍珠奶茶。她曾經結交過一個非常要好的朋友，是個在小學四年級跟著父母親來到日本的台灣女生。

她們在小學校園相識。起初，台灣女生不太會說日文，沒什麼朋友願意跟她玩，只有奈奈願意主動親近她。

奈奈陪她練習日文，台灣女生則教奈奈說中文。她們兩個似乎特別有緣分。小學畢業後進入同一所中學，雖然不是同班了，也總是一起結伴上下學。

台灣女孩的日文變得愈來愈流利，而奈奈的中文也跟著進步，應付簡單的日常會話也沒有問題。

中學三年級的某一天，台灣女生邀請奈奈到家裡作客，媽媽煮了一壺珍珠奶茶給奈奈喝，那是她生平第一次喝到台灣的珍珠奶茶。

「原來這才是珍珠奶茶！以前我和爸媽去橫濱中華街喝過，覺得不怎麼樣。原來這才應該是珍珠奶茶該有的味道啊！」

奈奈讚不絕口，從此愛上了珍珠奶茶。

「偷偷告訴妳，我媽煮的珍珠奶茶雖然好喝，但也沒有那麼好啦。」台灣女生對奈奈說：「每次寒暑假我會回台灣，在那裡喝到的珍珠奶茶，更好喝。別跟我媽媽說。哈！總之有機會的話，妳一定要去台灣玩，親自喝喝看那裡道地美味的珍珠奶茶。在那之前，就請先來我們家喝吧。」

台灣女孩盛情邀約。

可惜，奈奈的珍珠奶茶還沒喝過癮，女孩的雙親卻在她中學畢業後，決定舉家搬回台灣。

因為思念的緣故，從此，奈奈只要看見在東京有賣珍珠奶茶的店，就會買來嘗試看看。

那一天，當她看見東京晴空塔即將要開珍珠奶茶店時，當然在第一時間就決定要買來喝。

可是，每天早上經過時，店還沒開門，下班後又已經打烊，她總是錯過。

有幾次趁著午休去買時，但都因為大排長龍而作罷。開幕一個星期了，奈奈居然每天經過它，卻始終喝不到它。

終於有一天，奈奈決定在休假的那天，特地去買。就算排隊排很久，也一定要喝到！她狠下心來這麼想。

沒想到終於輪到奈奈時，店員竟然笑著一張很陽光的臉，對她說：

「真的非常抱歉！今天的珍珠已經賣完了。」

什麼嘛！奈奈有點生氣。

但比起氣珍珠賣光，更氣的是這個年輕的男店員，明明是道歉，還笑得那麼陽光。

是台灣人嗎？聽他的口音，應該是在這裡打工的留學生。還沒學會日本店員的待客之道吧？如果是日本人店員的話，當他們道歉時，表情一定是會配合語氣，擠成一臉愧疚、歉意的樣子。

總之，奈奈最終仍沒喝到珍珠奶茶。

奈奈決定放棄，再也不去買了。可是早晚經過那間店，還是忍不住看一下。午餐時間，下樓吃飯時，會從排隊人潮中看見那個站在收銀台後的男生。

他總是頂著一臉笑容跟客人們聊天。

雖然聽不到他在聊什麼，但可以感覺得出他的熱情是發自內心的。

有一天中午，奈奈在美食街吃飯時，一入座，隔壁桌就忽然發出一陣「啊！」的聲音。

奈奈轉頭一看，竟然是賣珍珠奶茶的男孩。

「妳是那位，上次輪到，結果就賣完珍珠的那位小姐！」

男孩用生澀的日文問奈奈。

雖然他的日文不太流利，發音也不盡完美，但他一臉努力認真想說好日文的模樣，看在奈奈的眼裡竟覺得有些可愛。

「你居然記得？」

奈奈很驚訝。

「如果我拍下當時妳失望的表情給妳看，我想妳也不會忘記的。」

外國人講話都這麼直接嗎？可是，奈奈並沒有生氣。來東京生活一年，覺得大都會冷漠的她，反而覺得這個男孩的態度接近於東北故鄉的熱情。

「妳在晴空塔工作嗎？」男孩問。

「對。」奈奈回答。

因為不熟，奈奈沒有詳細多說是在哪裡工作。

「我在一樓的珍珠奶茶店打工。」男孩說。

「我知道。」

「對厚。」

男孩傻傻地搔頭。

「你是台灣人嗎？」奈奈禮貌性地回問。

「對啊。我來日本留學，念旅館觀光科系的專門學校。每天下課後，就會到這裡打工。」

「我會說一點中文喔。」

奈奈忽然轉換成說中文。只是她太久沒說了，聽到自己開口說出久違的中文時，竟感覺不太習慣，有點害臊。

「真的！哇！妳講得很標準耶。妳有學過？學多久？」

男孩瞪大眼睛，挺驚訝。

「小時候跟台灣朋友學過，但不是正式的學習。所以應該說得不太好。而且我很久沒有講了，有一點怎麼說？生疏？不熟悉。」

「不會啊，我覺得很好。比我的日文好多了。」

「沒有這樣的事。你講的日文我都聽得懂。語言可以溝通就好了。」

「妳人真好。」

奈奈搖頭笑起來，心想，我有嗎？

「妳喜歡喝珍珠奶茶喔？」

男孩換了個話題問道。

「喜歡。」

「那怎麼沒看到妳再來買？」
「因為每次經過都看到很多人排隊，生意太好。」
「偷偷告訴妳，其實生意還好。妳看到那麼多人排隊，是因為店員只有兩個人的緣故。一個人負責在後面調配飲料，而我呢，要點餐、結帳、包裝、遞飲料，有時也要幫忙調配飲料，根本忙不過來。所以，客人就像是塞車一樣全擠在櫃檯前啦。其實生意沒那麼好。」
偷偷告訴你。奈奈聽到這句話，突然忍不住笑起來。
她想起小時候認識的那個台灣女生，也經常把「偷偷告訴你」掛在嘴上。
難道台灣人都喜歡講這句話嗎？奈奈想，是否比起日本人來說，台灣人似乎比較容易掏心說實話。
「不好意思，我時間到了，得回去工作。妳慢吃。」男孩說。
「好的。」奈奈點頭。
男孩起身走了兩步，停下來，轉過身。
「對了，自從那天以後我們每天都準備夠用的珍珠喔，歡迎妳隨時再來！」
「好。」
「要記得喔！」
「我一定會去的。」

「妳真是個善良的人，一定會喝到一杯最好喝的珍珠奶茶。」

奈奈覺得他有點滑稽，忍不住笑出來。

男孩的話言猶在耳，但幾個星期以後，那間珍珠奶茶店竟然倒閉了。

不知道原因為何，那個寫著台灣珍珠奶茶的招牌已經更換成另外一家店。

哪一天結束的呢？奈奈這幾個星期工作特別忙，都帶便當來公司吃，沒有下樓到美食街，所以根本沒有注意到。

既然沒喝過，也不曉得滋味好壞，應該不會遺憾的，但奈奈卻有點失落。

我跟珍珠奶茶是有這麼沒緣分嗎？奈奈納悶地想。

奇怪的是，就在發現珍珠奶茶店消失後的隔幾天，奈奈又看到那個男孩。

不賣珍珠奶茶的他，現在並不是出現在晴空塔下，而是在她工作的地方：340～450樓之間。

起初奈奈以為看錯了，但連續幾次觀察後，確定是他。

只是，每次瞥見男孩的時候，距離都很遠。而且，只是一瞬之間。他總是跟著國外來的旅行團，匆匆忙忙的就離開。

終於有一天，午休用餐時，奈奈在美食街又見到男孩，決定主動上前找他。

奈奈還沒開口，男孩注意到她，露出極度驚喜的笑容。

「嘿！妳沒有來買珍珠奶茶！」

男孩笑著，口氣卻似乎有些怪罪的意思。

「我終於有空去的時候，卻發現店倒了。」

「是啊，妳太慢了啦。偷偷告訴妳，我都失眠了。」

「啊？失眠？」

奈奈突然感覺臉頰燥熱。因為沒見到她而失眠嗎？

「對啊！」男孩卻打破了奈奈的幻想，解釋著說：「好多的珍珠，每天都在苦苦等候妳。因為我把它們給煮出來了，卻沒有派上用場，害我覺得對它們很不好意思，愧疚到失眠了。」

男孩打趣說道，一臉淘氣。

原來是對珍珠感到抱歉而失眠，不是因為她。

「你太誇張了。我才要怪你。你不是說我是個善良的人，一定會喝到一杯好喝的珍珠奶茶嗎？結果因為你們的店倒了，害我沒喝到最好喝的珍珠奶茶，因此當不成一個善良的人。」

奈奈故意回他。

兩人相視一笑。奈奈覺得心裡暖暖的。那份溫暖有一部分，奈奈感覺到，是從男孩身上的溫暖傳導到她這裡的。

「對了，我叫小班。妳呢？該怎麼稱呼？」

「我的名字是奈奈。」
「我還在想會不會再巧遇奈奈呢，沒想到今天就碰到了。」
「其實我最近常看到你，在樓上的展望台。」
「真的還假的？」
「因為我在展望台的餐廳工作啊。」
「原來如此！我居然都沒發現！」
「因為你總是好匆忙呀，每次都沒有機會跟你說到話。」
「哈，對，有一點。我是念旅館觀光科系的，現在是畢業前的實習，所以偶爾跟著旅行社的導遊一起來，等於是導遊的助理。主要負責的路線是東京晴空塔周圍，帶從台灣、香港和中國來的團。」
「珍珠奶茶的店沒了，沒想到新的工作，範圍還是繼續在晴空塔。」
「偷偷告訴你，其實我之前一直也在晴空塔工作喔。從開幕以來就是。我在樓下的水族館打工，前陣子才換到珍珠奶茶，是親戚投資的。沒想到這麼快就收攤了，因為店租實在太貴了！」
奈奈忍不住笑出來，岔開話題，說：
「台灣人好像總有很多祕密可以分享呢！」
「有嗎？」

「有啊。因為以前認識的朋友，還有你，都好愛說『偷偷告訴你』。而你又特別地愛說。」

小班有點尷尬地笑起來：

「是語病，壞毛病啦，其實根本不是什麼祕密來的。總之，就是這樣的來龍去脈，然後現在就是在這裡囉。」

「謝謝你的解釋。那麼現在常可以望見高空景色，很不錯吧！」

奈奈露出一股自滿的笑容。

奈奈覺得這裡就是屬於她的一部分，她想，若是稱讚這裡望出去的景色，就等於認同了她；若是喜歡從這裡望出去，就等於喜歡……

「不，我不喜歡高空的風景。」

怎料，小班卻猛力搖了搖頭說。

奈奈被小班直率的回答嚇了一跳。

小班似乎察覺到他的反應太過激烈，把奈奈給嚇到了，趕緊補充：

「我覺得海平面下的世界才有趣！」

要是日本人的話，一定不會那麼直接否定對方的。即使真的不喜歡，說什麼也會講：「說得沒錯呢！一定很漂亮吧！不過，對我個人來說，覺得在水族館看水底世界更有趣喔！」這樣的委婉回答。

「我喜歡水，喜歡看水裡面的一切。所以之前在晴空塔樓下的水族館打工時，每天都好開心。」

天空和海洋，是全然不同的世界。奈奈以為每個人都會像她一樣，喜歡鳥瞰高空景致的，但顯然不是。海洋對奈奈來說，令她感到畏懼和悲傷。因為地震，那場海嘯，帶走了她的父親。

對小班來說，海洋有什麼樣的回憶嗎？

奈奈正準備問小班時，突然間，小班的手機螢幕亮起一道訊息。

小班滑開螢幕，看了一下，就匆匆忙忙地起身。

「不好意思，我時間到了，要集合！掰掰喔，下次見！」

下次見？下次怎麼見呢？又沒有留下彼此的聯絡方式。

奈奈都還來不及回話呢，小班已經迅速離開。

❄

幾天後，在午後短暫的休息時間時，奈奈換下制服去出餐廳，準備去洗手間。半路上，忽然有人從她身邊喚住她。

奈奈回頭，是小班。

「好吃嗎？」

小班沒頭沒尾地問道。

「咦？」

他指著奈奈的身後，奈奈工作的餐廳。

「喔。當然好吃囉！生意很好的。歡迎你下次光臨。」

「那麼高級的餐廳我吃不起。吃一餐，一天打工的錢可能都沒了。」

「也是。要我自掏腰包，也覺得貴。」

「這地方，好玩嗎？」

「還不錯啊。我喜歡料理。」

「不是。」

小班又舉起手，這次是指著四周的玻璃窗。

「我是說每天在這麼高的地方工作，好玩嗎？妳上次問我，可以常常望見高空景色很不錯，應該是很喜歡登高望遠吧？」

「喔。對呀，我喜歡。」

「是喔。」

奈奈以為接下來，小班會問「為什麼」，甚至都準備好了答案，但是小班卻看了看手機，又說：「那先這樣囉！我時間到了。」

小班舉起手，又指向某個方向。奈奈的視線順著他的手勢望過去。在展望台的某個角落，有一群旅行團觀光客。

奈奈點點頭，但她不確定小班有沒有看到她點頭，因為他匆匆忙忙就轉身跑過去集合了。這一次，連「下次見」也懶得說了。

明明不怎麼喜歡看高空風景，卻要常常上展望台來，對小班來說應該也是種折磨吧？奈奈心想，帶了一點惋惜與同情。

過了一個多星期，奈奈再次在展望台看見了小班。

每次都是小班叫住她，這次她決定先發制人。

「時間還沒到吧？」

小班轉過身，看見奈奈，臉上露出招牌的，燦爛的驚喜表情。

「時間剛剛好！」他說。

「什麼意思？」

「帶了土產要給妳，遇到妳的時間剛剛好！」

語畢，小班提了一袋東西遞給奈奈。

「焦糖餅乾、檸檬小蛋糕、草莓大福。」小班說。

「謝謝！」

奈奈有點意外。

「哇，今天天氣真好呢！」

小班望著展望台外的風景，突然開啟了新話題。

「天氣很好，天空很美，可惜你不喜歡高空俯瞰的風景。」奈奈問：「為什麼不喜歡呢？」

小班沒有回應，而且臉上倏地閃過一抹憂愁的表情。

怎麼了嗎？為什麼提到高空俯瞰時，他總是變得有些奇怪呢？

奈奈很識相，決定不再多問，把話題轉開。

「小班，你說你喜歡看海中的世界，有什麼原因嗎？」

「妳不覺得望著水裡的生物，很療癒身心？好像眼前的世界被按下了慢動作按鈕，看著這一切的自己，就會放慢、放開自己的思緒和情緒。」

奈奈聽了小班的回答以後，會心一笑。

因為喜歡從高空俯瞰的她，同樣也覺得望著風景，便感到時間流逝緩慢，得以安撫焦躁的情緒。

「那妳為什麼喜歡登高望遠呢？」小班問。

「我也覺得很療癒身心呀。而且，站在這麼高的大樓上面，看著縮小的東京時，並不覺得人類建造出這麼高聳的建築很偉大，反而是變得更加謙卑。原來，人是那麼的渺小啊，誰有資格去歧視他人，驕傲些什麼呢？這種感覺。」

小班看著她，點點頭。

終於開口時，奈奈以為他會接話說出更多感想。

「呃，不好意思，我時間到了。」男孩說。

結果，又是時間到了。

小班雖然離開了，但是這一天，奈奈卻覺得跟他的距離更近了一點。

她喜歡高空，不愛海水；小班則不愛高空，喜歡海水。看似相反的喜惡，但鍾愛的背後，卻有著彼此相通的感觸。

奈奈想著，在從前她和小班尚未相識的那段日子裡，每一天，當自己從高空鳥瞰東京時，則有一個男孩沉迷於海底世界。

相距了四、五百公尺的垂直距離中，居然存在著一個和自己思緒那麼接近的外國人，在同一棟塔裡工作。

為什麼沒有早一點認識呢？

奈奈想，因為她從未走進水族館裡，而小班也從未登上展望台。或許只要多走幾步路，走進自己平常不會去的地方，就會提早認識了。

想到這裡，奈奈又忍不住再次佩服起爸爸的先知灼見。

「多走路，才有新風景。」

❄

跟著旅行社導遊一起見習的小班，偶爾就會這樣和奈奈在高空中相遇。

其實不一定每次兩個人的時間都會搭到，事實上剛好能見到面的機會並不多，但是只要兩個人能見到面時，小班都會遞給奈奈伴手禮。

每一次小班送給奈奈的伴手禮都不同，因為小班跟著旅行團跑，去到很多地方，也就帶回來各式各樣的土產。

「這麼好，每次都能收到不同的伴手禮，而且都很好吃。」

奈奈雖然心裡高興，卻也有些過意不去。

「說過了嘛，因為妳是善良的人啊，所以會收到好東西。」

明明是你善良。

奈奈心裡的話，不好意思說出口。

「總之謝謝你，只是讓你太破費。」奈奈說。

「別在意。偷偷告訴妳，帶團去物產店買東西時，旅行社工作人員自己買，店家都會給導遊非常好的優惠，能用不可思議的折購買到伴手禮喲。」

我知道。

奈奈心裡的話，再次不好意思說出口。

因為每一回小班送她土產時，塑膠袋裡都有他忘記拿出來的收據。上面清楚地記載著金額，因此奈奈都知道商品的價格。

第一次看到塑膠袋裡的收據時，奈奈想，應該是小班不小心，忘了拿出來吧？不過，第二次、第三次……每一次，收據都被留在袋子裡。

送人禮物怎麼會連同收據一起給人呢？奈奈起初感覺意外，曾想過要不要跟小班說，這樣好像很奇怪？但是後來，奈奈卻選擇不說。

因為奈奈覺得有趣。如果是日本人的話，她或許會覺得失禮，可是因為對方是小班啊，是那個說話常直來直往的小班，反而讓奈奈覺得很合理。那就是小班身上散發出來的一股直率，一種不拘小節的可愛表現。

土產吃完了就沒了，每一次，奈奈除了拍照以外，還會把那些收據給保留下來，貼在行事曆手帳裡，也算當作留念。

這天短暫見面結束時，小班向奈奈提出了一個邀約。

「找一天休假的時候，我們去淺草寺好嗎？」

「你應該常跟著旅行團去吧？不膩嗎？」

「不會呀。因為一起去的人不同嘛。」

奈奈感覺窩心。她當下決定，非去不可。

❄

好不容易終於喬到兩個人都放假的那一天，奈奈和小班如約去了淺草寺。

一大清早觀光客還很少，從雷門通往寺廟的仲見世通顯得寧靜。

「我想來拜拜祈福。」

在途中買甘酒喝的時候，小班對奈奈說。

「有什麼想實現的願望嗎？」奈奈問。

「我快畢業啦。祈禱順利拿到工作簽證，在日本留下來工作。」

「那真的需要來拜拜。」

「妳呢？奈奈妳有沒有什麼想實現的願望？」

奈奈直覺想到的是希望爸爸能夠平安回來。然而，這麼多年過去了，她心底早已知道爸爸並不是失蹤。再怎麼祈禱，他都不會現身了。

「沒有特別希望實現的願望，所以就一起幫你祈禱你的願望能實現吧！」

奈奈強顏歡笑地說。

他們在正殿裡拜完觀音菩薩後，步下樓梯。

走到抽籤筒面前時，小班突然停下來說：

「我們來抽個籤吧？」

「淺草寺的籤，還是別抽吧？」

奈奈試圖阻止小班。

「為什麼？」

「網路上都說，淺草寺特別容易抽到凶籤。」奈奈掏出手機來，查詢了一下，把網路上關於淺草寺抽籤的報導念給小班聽：

「淺草寺裡的籤，一共有一百種。其中大吉十七籤，吉三十五籤，半吉五籤，小吉四籤，末小吉三籤，末吉六籤，凶三十籤。所以抽到凶籤的機率有百分之三十。」

「可是還有百分之七十的機率，不是凶籤呀。」

「不過，其他寺廟裡凶籤的比例只有百分之二十喔。所以淺草寺多出了百分之十的機率，會抽到凶籤呢！」

「奈奈不想抽的話沒關係，我來試試吧！」

小班仍執意要抽籤。

結果，竹籤抽出來的號碼，對應的籤語，果然是凶籤。

「再試一次！」小班說。

沒想到還是凶籤。

「這下子不得不信了。」

小班笑起來，感覺並不是很在意。

「凶籤不一定就是厄運，就當作是個提醒吧！」

奈奈說。然後，奈奈領著小班，把兩張凶籤綁在一旁的架子上。

「好囉，這樣就會讓觀音菩薩來幫你解決厄運了！」

「觀音菩薩怎麼那麼好。跟奈奈一樣好。」小班說。

「原來我是菩薩等級。」奈奈忍俊不禁。

「哈！要這麼說也可以。因為都是會讓我有安心感的。」

小班好自然地脫口而出的一句話，把奈奈的心弄得小鹿亂撞。

離開淺草寺後，他們走過吾妻橋，到對岸墨田區役所前的廣場階梯席地而坐。天氣清朗，他們坐在那兒仰望高高的天空和不遠處的隅田川。

小班伸了個懶腰，深深吐納了一口氣，說：

「希望夏天快點來，好想去浮潛！我去過沖繩浮潛，很棒喔！奈奈有浮潛過嗎？有機會要不要一起去？」

「這一次，要換我『偷偷告訴你』了。」

「哈？什麼祕密？」

「上次我們聊到你不愛高空眺望，比較喜歡海底世界時，我沒有告訴你，其實啊，我畏懼海水。」

「因為不會游泳的關係？」

「確實不會游泳。不過不是這個原因。是因為……」

奈奈停了半晌，考慮一會兒才繼續說：

「我的老家在東北。東日本大震災時，我的爸爸，被海嘯給捲走了。從那個時候開始，我開始畏懼海水，甚至討厭海水。」

小班沉默著，皺起眉頭。

「可是上次聽小班說，你喜歡望著水裡的生物，因為療癒身心。我想，我不應該因為爸爸的事，就那麼情緒化厭惡海水的一切。我或許該給自己一次機會，去水族館晃晃，說不定就會像你說的那樣，放開自己的思緒和情緒。」

「那麼下次一起去吧！」

小班再次提出邀約。

「好呀！啊，真不好意思，好像忽然把氣氛給弄僵了。」奈奈說。

「別這麼說。很謝謝妳願意跟我分享這麼私密的事。不過，偷偷告訴妳，其實剛剛當妳在說的時候，我有被嚇了一大跳。」

「很多不知情的新朋友，知道了都會嚇一跳。」

「不是。我嚇一跳的原因，是因為我家發生了跟奈奈非常類似的事。」

「感覺不是件好事。」

小班點點頭，表情顯得從容且淡定，說：

「在我小學的時候，我的母親也在一場意外中喪生了。是空難。她去印尼找嫁過去那兒定居的好朋友，兩個人飛去小島度假，回程時遇上壞天氣，老舊的小飛機因為金屬疲勞而在高空中解體，最後失事掉落在山林裡。」

「……居然如此。」

奈奈十分詫異會是這樣的原因。

「這就是為什麼我不愛登高望遠的原因。我不是懼高，而是只要從高空俯瞰地表時，就會想到在飛機上的媽媽。當機身劇烈搖晃，她還不知道接下來就會發生飛機解體的悲劇前，是不是曾經趴著窗口望，希望誰能來拯救她呢？當時我還非常小，對於人的生死還沒有那麼強烈的感受。再加上爸爸和親戚們瞞了我好一陣子才告訴我事實，結果當我真正知道媽媽過世時，卻感覺這件事很沒有真實感。其實直到現在，我偶爾仍會覺得媽媽只是一直沒有回家而已，難以直接跟『死亡』兩個字連上關係。」

小班用一種雲淡風輕的口吻解釋。

這時候掛著兩行熱淚，啜泣起來的卻是奈奈。

「我和小班一樣，一直也覺得爸爸是去遠行了，只是還沒回家而已。」

奈奈說。她感到與小班心有靈犀的相通。

「小班沒有告訴我媽媽的事以前，我一直覺得你是個超級無敵陽光的大男孩。沒想到跟我一樣也有悲傷的過去。你是怎麼辦到的呢？可以這麼樂觀。」

「偷偷告訴妳，我沒有比較樂觀喔。我只是覺得媽媽一定希望我是快快樂樂地過日子吧？盡可能的開朗起來，不要被回憶給困住了，應該就是對她最好的報答吧！我猜想奈奈的爸爸，一定也是這麼期望奈奈的吧？」

奈奈聽著小班的話，點點頭。

人跟人之間，真的是有磁場的存在吧。磁場契合了，才讓兩個生命體質如此相似的人聚合一起。兩個帶著傷的人相遇，目的絕不是要累積兩人份的悲傷，而是通過相濡以沫的療傷，達到負負得正的成長。

奈奈不由得這麼想。

「小班，你說，他們兩個會不會在旅途的遠方相識？」

「說不定喔。希望他們兩個人個性相投，跟我們一樣有得聊才好。」

忽然，說完這句話的小班，露出一臉不壞好意的邪惡表情。

「不會吧？你不會在亂想什麼吧？」奈奈問。

「妳會這麼講，就代表妳也想到了。」

「是說，他們應該不會搞外遇吧？」

奈奈擠出了一個困惑的表情。

「天啊！妳說出來了。」小班笑到捧著肚子，說：

「不過，在回不了家的遠方，如果有個談得來的人作伴，也不是件壞事吧。奈奈是個善良的人，奈奈的爸爸一定也是善良的人，我媽要是能受到妳爸爸的照顧，那麼我應該就可以徹底放心了。」

「如果是這樣，我也不必擔心爸爸了。因為小班的媽媽，一定也像是小班一樣，是個很溫暖的人。」

「這麼一說，好希望他們真的會在遠方相遇喲。」

「不知道為何，怎麼有種鼓勵人家快點外遇的罪惡感呢？」

奈奈和小班不覺莞爾一笑。

明明應該是很難過的事，但是跟著小班這麼聊著的時候，卻可以開起玩笑來。這是奈奈第一次發現，悲傷也可以舉重若輕。

天色漸暗，道別前，小班又從背包裡掏出伴手禮給奈奈。

「今天也有？對了，我一直很想問你，平常我們不是每次都會見到，但為什麼每次有機會碰面時，你剛好都能給我土產呢？」

「很簡單啊，因為我都放在身上，看哪一天能碰到就可以立刻給妳。」

「居然一直放在身上？」

「當然啊！重要的東西，一定會一直放在心上的。」

小班用力點點頭，一臉認真的表情。

被放在心上的奈奈頷首微笑。

回家路上，奈奈打開小班給的伴手禮，果然，他還是把收據留在塑膠袋裡了。

❄

以為已經跟著公司實習就萬無一失的，沒想到旅行社替小班申請日本的工作簽證，最終並沒有通過。

這意味著等小班畢業以後，就得立刻回台灣了。

幾星期過後的這天傍晚，小班因為工作在晴空塔再次遇到奈奈時，告訴她這個結果。

「看來淺草寺的籤，真的不應該隨便亂抽的。」小班說。

「都警告你了，還不聽。」

「下次不敢了。」

「什麼時候得離開日本呢？」奈奈問。

「三月初是畢業典禮，學生簽證的期限到三月下旬，會待到那時候。」

「只剩不到幾個星期了。」

「是啊。比想像中還來得快。」

「不能一起去賞櫻了。」

「我們連水族館都還沒去呢！」

小班說完，垂下雙肩。

奈奈若有所思。過了一會兒，她開口問：

「你今天的工作幾點結束？」

「等一下陪導遊把團帶回飯店後就結束了，大概六點半。」

「不如就今天晚上去水族館吧？我可以請假，早一點下班。水族館應該是開到九點吧？我們約八點鐘在那裡見？」奈奈提議。

「好哇！妳可以去的話，就太好了。」

他們依照約定的時間集合，踏進了東京晴空塔下的墨田水族館。

在水族館裡，奈奈觀察著小班的神情，發現小班真的會因為看見那些水中生物，全身散發出一股自在且靜穩的氛圍，那同時也讓奈奈感到安全感。

小班對那些海中動植物瞭若指掌，逐一解釋給奈奈聽，奈奈雖然有聽沒有懂，但倒也興味盎然。

水族館裡有一個叫做「東京大水槽」的地方，模擬著東京外海的生態，把距離約一千公里的海洋世界，在東京晴空塔下呈現出來。

這裡就是一面海洋的縮影。

這是奈奈在經過震災以後，第一次這麼靠近且專注地看著海。明明是這麼溫柔的波動，卻在那一天瘋狂失控地衝向陸地。雖然想起了爸爸的遭遇，然而，此刻跟著小班一起站在大水槽前，共同窺視著海洋世界的奈奈，很奇妙的，已經不再對海水感到畏懼和厭惡。

「在東京，偶爾會覺得孤單寂寞嗎？」

奈奈忽然開口問小班。

小班想了想回答：「很偶爾的時候吧。畢竟所有的好朋友都在台灣。」

「那麼回台北，其實說不定是好事。」

小班沒回答這個問題，卻話題一轉，問：

「妳知道冷的時候，海中的能見度就更高，可以看到更多生物嗎？」

奈奈搖搖頭，接著反問小班：

「那你知道冬天時，晴空塔上的能見度也很高，可以看得很遠，幾乎每天都能見到富士山嗎？」

換小班搖頭了。半晌，他開口說：

「結論是冷就能看得遠。那麼，如果寂寞是一種冷的感覺，應該也可以看到更多的風景對吧？這樣想的話，其實人會寂寞，也是好事一樁。」

「我還是覺得小班你非常正面積極哪，雖然你說你並不樂觀。」

「所以我回台北以後還是寂寞一點好了，這樣說不定能遠遠看到妳啊！」

「怎麼可能！傻瓜！」

奈奈噗哧一笑，心裡卻忽地升起不久後就要離別的落寞感。

離開晴空塔的水族館，他們兩個人搭電車去淺草寺後巷的居酒屋吃晚餐。結束後，走出店外時頓時覺得氣溫驟降，變得非常冷。

兩個人凍到直打哆嗦，一邊走，一邊身子愈靠愈近。

「這時候應該一起去泡個溫泉的。」小班突然說。

奈奈聽了害臊起來，瞪大眼睛。

小班尷尬地搔著頭補充說道：

「啊，不是說一起泡啦，是一起去，分別泡。」

「不遠處其實就有個錢湯。那幢傳統建築物外觀很古色古香，非常美。我一直只是從外面經過，沒進去過。有沒有興趣『一起』泡湯？」

奈奈提議，故意強調了「一起」兩個字挖苦小班。

「當然好啊！」

小班竟有些臉紅，低聲地說。

奈奈帶小班去了那間名為「曙湯」的大眾澡堂。兩個人分別走進男湯和女湯，過了大約半小時泡完湯以後，又在入口處會合。

夜裡的「曙湯」外觀沐浴在昏黃的燈泡光束中，更增添幾分古典的優雅。

冬夜裡，泡過湯的兩個人，身體暖呼呼的，雙頰變得白裡透紅。

「這罐給妳。」

小班買了兩罐冰咖啡牛乳，一罐遞給奈奈。

「泡完湯想喝冰咖啡牛乳，這時候忽然像個日本人似的。」

奈奈開心地把冰涼的飲料接過來。兩個人坐在錢湯門口的椅子上，咕嚕咕嚕地暢飲起來，沒一會兒就喝光了。

兩個人起身，在暗巷中朝向地鐵站前進。溫度還是很低，所幸身體已經溫暖了，不過即使如此，兩個人依然靠得很近。

這時候，這股氣氛下，男生不是都會來偷牽女生的手嗎？或者，暗示對方想要做些更親密的事才對嗎？沒有談過戀愛的奈奈，從小說和戲劇裡看來的情節，通常都是這樣的。奈奈想，男生喜歡上一個女生，總會想要跟女生有更進一步的進展吧？不過一直以來，小班始終只停留在言語上的曖昧。小班雖然對奈奈好，言談中也讓奈奈感覺到他對她的好感，但不知道為何，總是沒有更進一步表現出來愛意。

不知道是不是兩個人真的磁場太過接近了，奈奈心裡想的這些事，彷彿也被小班給看穿。

小班突然劃破沉默，吞吞吐吐低聲細語：

「偷偷告訴妳，雖然我的身體裡面有種聲音，告訴我很想要跟妳做些什麼，但總覺得那樣太自私了一點。」

「什麼？」

奈奈嚇了一大跳。

「妳該不會又跟我在想同樣的事吧？」小班問。

「才沒有。」奈奈口是心非。

「男生嘛，常常身體的行為會跳過頭腦的思考喔。但是啊，如果明明知道現實上很難跟對方發展穩定的關係，卻只是任由身體的衝動而做出想做的事，總覺得對女生不太公平吧。老實說，男生這種動物可以滿足完，事情就結束了，但是女生應該不行吧？結束以後才是開始。」

「你會不會太誠實了一點！但很中肯。」

「奈奈已經有份穩定的工作，而我才準備畢業，工作還沒有個著落，現在又得回台灣了，完全就還不是個可以跟奈奈匹敵的狀態。所以要是讓妳深陷下去，卻又不能負責的話，實在太沒有男生的擔當了。」

奈奈笑著說：「你說的我懂。不過，覺得你真的很有趣。說得好像是我們已經要論及婚嫁似的。其實我們不但還沒交往，連正式的表白都沒有過吧！」

「說得也是。我想太多了。」

「別這麼說。謝謝你為我想得這麼多。」

即使到了這時候，小班也沒有開口對奈奈說喜歡。

「但是我會想辦法回來的！」小班語氣堅毅，充滿信心地說：

「縱使無法回日本找到工作，我也會想辦法在台灣找個可以常常出差到東京的工作，比如帶團到日本的導遊。到時候……」

「到時候？」

「到時候奈奈要留意。我會乖乖聽我身體發出的訊息。絕對出擊！」

「你真是！」

奈奈用手肘推了一下小班。

❄

小班離開日本了。

那天以後，奈奈和他沒有再見面。是兩個人共同說好的刻意不再相見，因為想要避開「道別」的感覺。

奈奈沒有跟爸爸做最後的道別，小班對媽媽也沒有。與其說他們因此不擅長跟人道別或者也害怕面對道別，倒不如說他們都覺得，如果沒有刻意道別的話，就好像沒有特別的遠離。

像是他們始終還覺得自己的爸爸和媽媽其實只是遠行。哪一天要是忽然間走進家門說回來了，也是很自然的事。因為他們本來就沒說要離開這個世界。

小班回去台灣以後，東京下了一場大雪。然後轉瞬間冬天走了，春天來了。櫻花開得癲狂，不到一週落英繽紛，花季又結束。

奈奈繼續每天在東京晴空塔的餐廳努力工作，而小班沒有進入旅行社上班，到了一間旅遊網站擔任產品企劃。

奈奈和小班雖然交換了ＬＩＮＥ卻沒有太頻繁地聯繫，只有在重要的節日才會特地互傳訊息聊上幾句。他們很有默契地保持一個恰當的距離，適當地關心對方。兩個人並不因此感到疏遠，彼此會看各自在ＩＧ上的貼圖，不一定都會留言，但一定每一張都仔細地看，慎重地送出愛心。

怎麼覺得春天才剛走不久而已，奈奈發現已是「暑中見舞」的盛夏。

八月底，奈奈生日的這一天晚上，小班特地傳來祝賀的訊息。

他還拍了一段自己烹煮珍珠奶茶過程的影片寄給奈奈。說這是一杯「奈奈特調」珍珠奶茶，加進了神祕的獨家配方，喝起來有一種前所未有的至極美味。

「應該要親自獻上的才對，不好意思！希望很快能見到面，到時候就會親自煮給妳喝！保證比以前晴空塔樓下開的那間好喝！」小班寫道。

「我會期待的。」奈奈送出訊息。

小班讀取了卻都沒有再回應。過了好一會兒，才又送出訊息。

「奈奈好像一直沒有發現？」

奈奈回覆：「一直沒有發現？發現什麼？」

「啊，妳真的沒發現。」

「到底是什麼？」

「偷偷告訴妳，其實有一份禮物，妳一直陸續有收到，可是沒發現。」

「真的嗎？我一直收到卻沒發現?!」奈奈驚詫。

「喔，沒關係啦，應該已經來不及，既然一開始沒有發現的話，我想就都丟掉了吧。沒事沒事，忘掉我剛剛說的事，請別在意！」小班這麼寫道。

「一向有話直說的小班，原來也有拐彎抹角的時候呢！」奈奈寫道。

小班回覆：「通常的我是直來直往啦，但唯有這件事例外。」

這件事是什麼事？沒發現的東西又是什麼？回家的路上，奈奈一直在想，到底是什麼呢？怎麼可能小班送給她的東西，她會粗心地沒注意而且還丟掉？不可能啊。但是奈奈始終想不起來，到底是沒有發現什麼。

十二月中旬，黃葉尾聲之際的一個午後，餐廳裡輪班到負責客人結帳的奈奈，用到一半的收銀機忽然故障。鈔票的抽屜打不開，收據當然也印出不來。搞了好一會兒，所幸抽屜開了，結帳也沒問題，但收據仍是怎麼印也印不出來。偏偏客人需要點餐明細報帳，最後只好先以手寫收據和明細替代，解決問題。

奈奈在收據上寫著餐點的品項時，忽然回想起小班從前送她伴手禮的時候，總是很粗心地都把收據留在袋子裡。

「啊！」

奈奈突然靈光乍現，忍不住叫出聲來，把客人給嚇了一跳。

收據。對，不就是收據嗎？就是收據，是小班說的「一直陸續有收到，可是沒發現」的東西。難道那些收據，並非小班粗心遺忘，而是刻意留下來的嗎？小班以為奈奈沒有發現那些收據，其實她每一張都留下來，還好好地貼在了行事曆上。但那些收據有什麼特別的嗎？

那天晚上下班後，奈奈一回到家，就立刻衝到書桌前把行事曆給翻開來。她按照著收到小班每一份伴手禮的順序，開始重新一張張翻看那些收據。但怎麼看，收據上都只是列印著土產細目和價格而已。

拿著行事曆倒在床上的奈奈，不死心繼續來回地看，倏地，一個閱讀目光順序的改變，讓她忽然間發現那些收據藏著一個祕密。

第一份收到的伴手禮，焦糖餅乾、檸檬小蛋糕、草莓大福。

如果把每一樣產品，還原成日文單字，那就是「キャラメルクッキー＆レモンケーキ＆いちご大福」。只取每個單字的「頭文字」看的話，三個單字的頭文字組合，就會變成「きれい」，就是「漂亮」的意思。

再隨機抽一張看，這張明細上打著南瓜布丁、蕨餅、芋頭味糖果、草莓糖（かぼちゃプリン＆わらびもち＆いも味の飴＆いちご飴），用同樣的方式取頭文字解讀的話，可以看出「かわいい」，就是「可愛」的意思。

還有另一張收據明細上寫著梅子干、檸檬派、肉桂蛋糕、墨魚燒（うめぼし＆レモンパイ＆シナモンケーキ＆イカ焼き），則會拼出「うれしい」，就是「開心」的意思。

奈奈又翻了翻，隨意抽出一張，那天送的土產是紅豆麵包、草莓大福、鯛魚燒、草莓牛奶（あんパン＆いちご大福＆タイ焼き＆いちごミルク），拼出來的字則是「あいたい」，就是「想見你」。

每一次送的伴手禮，每一張刻意留下來的收據，居然都是用這種方式藏著頭文字的小驚喜。奈奈從未曾發現。

小班最後一次送給奈奈的禮物，是一份墨田區役所的相撲咖哩名物搭配黃豆粉餅以及一份高湯包（すみちゃんカレー＆きなこ餅＆だしパック），拆解頭文字以後，那便是小班含蓄的告白：「好きだ。喜歡你。」

奈奈想起生日那天，小班傳來的訊息上這麼寫著：「通常的我是直來直往啦，但唯有這件事例外。」

這也太例外，實在含蓄了吧！奈奈不自覺地搖頭，笑起來。

這一晚，奈奈睡得比平常都更為香甜。

❄

奈奈依然堅持著這個怪習慣。每天早晨上班時，不管晴雨，無論冬夏，她總是提前一站在淺草下車，然後踏上吾妻橋，跨過隅田川，沿著下町巷弄裡的靜謐小徑，慢慢走向上班的東京晴空塔。

這天早上，奈奈邊走邊滑手機，準備送出訊息告訴小班，昨天夜裡終於「收到」了他遲來的驚喜禮物。

不過，一打開LINE就看見小班寄來的新訊息。

「偷偷告訴妳，我很努力找到了新工作喔！一間日系旅行社，負責日本線的導遊。從明年二月農曆新年開始，就會開始帶團去東京。每個月都會去。妳快要可以喝到『奈奈特調』祕傳珍珠奶茶了！」

奈奈回了訊息給小班，她寫著：

「恭喜你！等你來，我會送你三樣好禮。」
「哪三樣好禮？超好奇的。」小班立即回覆。
「相撲咖哩、黃豆粉餅和高湯包。」奈奈回他。
手機畫面上傳來小班丟來的笑臉。
偷偷告訴彼此的示愛方式，那是他們心照不宣的祕密。
期待著小班明年春天就要重返東京，在東京晴空塔工作的奈奈，愈來愈喜歡度過的每一天。
當香氣四溢的美食一道道上桌時，她偶爾會想，其實這道菜配家鄉產的蔬果，飯後再來杯小班特調的珍珠奶茶，應該很不錯吧？
「只要特別，上面的人一定會注意到的。」
奈奈忽然想起努力種田的爸爸，曾經對她說過的這句話。現在比晴空塔飛得更高更遠的他，不曉得是否也注意到了遠在台灣的小班呢？
「偷偷告訴你，因為這個男生真的很特別喲！」
奈奈在心底對遠行的爸爸說。
轉身從外場走進廚房時，她瞥了瞥窗外的高空風景。
她幾乎真的要相信東京晴空塔是會動的了。
要不然，奈奈想，待在這裡的她，怎麼會愈來愈靠近幸福的感覺？

後記

青春關鍵字

青春像是一張拼圖，由影響著人生觀的許多關鍵字組合而成。你曾經卡在哪一個字眼上？或者是曾經擁有過的，但現在卻失去了它？從這些故事當中，願每一個你，都能重溫或找尋到成長中熟悉的情緒，讓每一片拼圖，都有意義。

01 勇氣——代替說再見

原收錄於《讓飛魚去憂傷》／二〇〇五年出版

iPhone尚未問世的許多年前，我已經開始在用蘋果電腦了。當時台灣沒有蘋果直營店，經銷商也少，電腦若出現問題，送修是件挺麻煩的事。有一次電腦壞了，門市要我拿去迪化街。不知道為什麼，那一次去迪化街的經驗，腦子裡就滋生出這故事的開端。寫小說就是這麼難以解釋的一件事。

雖然如此，想要透過虛構的故事，傳遞真實的意念，這點是不容懷疑的。〈代替說再見〉是一篇BL小說。台灣有非常多悲傷的同志小說，我總希望換我來寫的時候，能夠傳達一些快樂的部分。小說主人翁不必再掙扎於性向，他們早已有勇氣面對自己，也有勇氣對抗不公平的世界，剩下的，就是再一次鼓起勇氣對喜歡的人說愛。

勇氣兩個字很常見，卻在真實的生活裡很稀少。**當我們生活遇到難關，需要勇氣去克服之際，勇氣這兩個字就往往不見蹤跡。但記住，不要丟卻勇氣。它是一把看不見的刀，愈磨會愈利也愈亮。**

寫這篇故事時，怎能料到有一天台灣能夠實現同婚呢？在磨難中，勇氣的利刃披荊斬棘，終於開闢出一片光亮的境地。

02 存在感——帶著水母去流浪

●原收錄於《帶著水母去流浪》／二〇〇〇年出版

〈帶著水母去流浪〉寫在千禧年交替之際。那幾年前後，世間許多的價值觀面臨汰舊換新的審視，連帶著人的存在感也受到搖擺。我以這個當時流行過一陣子的「養水母」為題，寫下這則成長小說。透明的水母也許是「存在感」的象徵，真正被困住的，其實是在摸索該怎麼從悲傷裡游出去的主人翁——忽然間遭逢母親和好友都不存在的男孩。靠著他們而有存在感的他，自己的存在，瞬間也模糊了起來。

存在感是一種很飄渺的感覺。正因為是非具象的，摸不著也見不到，於是那不存在的存在感，就顯得更加無以名狀。

青春歲月中，我們曾經花了多少的氣力去確認自我的存在感呢？透過家人、同儕朋友，甚至是豢養的寵物，我們在成長的座標中，一次次確認了自己的位置。啊，自己是原來是重要的，是被需要的，是有著存在意義的。

可是，如果我們忽然失去了這些得以衡量自己重量的目標呢？青春逼迫著你我直視這些殘酷的過程。**我們必須學會，所謂的存在感，不是為誰而活，而是因為你存在著，世界才因此活了起來。**

03

任性——讓飛魚去憂傷

●原收錄於《讓飛魚去憂傷》／二〇〇五年出版

人的個性和行為，有時候可能明明是差不多的態度，卻會因為不同年齡而有不同詮釋。比方說，任性吧，孩童時代的任性，因為你可愛，會被大人呵呵笑地帶過。而年輕時的任性，你有機會被解釋成堅持夢想不放棄，即使頑固，也可能被視為一種熱血。但成年以後，社會化的過程，令我們不得不遵從這世界運轉的機制，如果面對工作、愛情和家庭，還像是從前那樣的態度時，往往就會被人視作是不懂人情世故，冥頑不靈。

〈讓飛魚去憂傷〉這篇小說故事裡的人物，每個人多少都帶著任性。任性地喜歡一個地方，討厭一個地方；任性地去愛一個人，去恨一個人；任性地對想追求的人表達愛意；任性地明知將要後悔，仍不顧一切地去做。

如何知道你真正愛上了一個人呢？當任性的你，偏偏願意為一個人做出改變，發現就算妥協也是做自己，那就是愛了。

「任性」和「做自己」的分界很微妙。說穿了，只要有人認同了你的任性，那就是做自己。但弔詭的是，做自己還需要別人認同嗎？這麼想的時候，其實又回到任性了。

04

崇拜：戀物及戀人——

501紅標男孩

●原收錄於《501紅標男孩》／一九九九年出版

我是一個很容易被廣告給影響的人。當然前提是產品本身並不差，而廣告拍得好，營造出來的氣氛也恰好對我胃口，我可能就會下單購買。要是一直以來該品牌的東西用得很順手，營造出來的形象也喜歡，我也會對那個品牌充滿情感，甚至是一種接近於崇拜的愛。說到崇拜，順帶一提，我從小到大也是一個享受於偶像崇拜的追星族。

〈501紅標男孩〉這篇小說在當年結集出書時，文案鎖定的是戀物。現在重新回頭再讀，我覺得那種戀物的情緒，其實骨子裡藏著一股崇拜。故事裡的人物崇拜牛仔褲的系列品牌，崇拜藝人，也崇拜愛情帶來的甜蜜願景。

戀物及戀人，都需要一點崇拜之情，才可能長久。因為你知道對方有你不及之處，你羨慕也服氣，於是景仰且崇拜。**完美的愛情不需要那麼勢均力敵。兩個人彼此互有長短，互有崇拜彼此的部分，才會需要彼此的存在。**

許多年過於去，我懂了，也並非全懂。不知道故事裡的紅標男孩後來是否擁有了他崇拜的愛？而我已從一個男孩，變成一個大叔了。

05 寂寞·陪伴——吸血公園

●原收錄於《天地無用》／二〇〇七年出版

從小就希望有一個哥哥。有哥哥的感覺是什麼呢？童年時代經常這麼想著。姊姊們和我年紀差很多，小時候就沒什麼玩伴。寂寞嗎？多少有一點。但所幸因為個性使然，這樣的成長環境，反而讓我學習著自己和自己相處，發展出一個人就能完成的事情。比方堆積木、彈鋼琴、做模型、畫畫，然後是閱讀與寫作。如果我從小就就有一堆玩伴，成天玩不停，或許就不會變成作家也說不定。

寂寞並不可怕，可怕的是你和寂寞對抗。當你把寂寞當作陪伴你的對象時，才是認識了自己，找到不假他人，自在愉快的生活之道。

〈吸血公園〉的靈感，最初是從這種情緒出發的。外婆、兄弟兩人的角色，十幾年後，我發展出另一篇極短篇故事，並且結合南君的畫，那就是有幸獲得「金鼎獎」肯定的繪本《麒麟湯》。〈吸血公園〉是最初的原型。

後來，我其實一點都不羨慕也不希望有哥哥了。因為聽過太多關於兄弟鬩牆的事，才知道兄弟的關係，多半是陌生的。相較來說，姊弟的感情更親密一點。

其實無論哥哥或姊姊都好。只要願意關心彼此，就是最好的陪伴。

06 安全感——分類作業

●原收錄於《讓飛魚去憂傷》／二〇〇五年出版

〈分類作業〉故事原型來自於我的高中女性好友。因為雙親的過世，而對於身為一個女生的自己，該如何面對所謂的家庭，產生許多「安全感」的感慨。這篇小說有很大一部分想說的是這個情緒。

一個女人，愛上了一個男人，並且成家以後，自己的老家為什麼就不再保留她過去生活的空間呢？相反的，男人結婚後卻可能繼承父母的房子，甚至離開後，也會保留下來他過往的房間。轉化到虛構的小說中，我寫出女主角在面臨一段感情的分手決定時，恰好因為健康因素而重新回顧了自己在原生家庭裡的過往及牽繫。與其說她是在整理自己的愛情，其實是在爬梳她的不安感從何而來。

缺乏安全感的人，在愛裡也會過得辛苦。有一天，我們總會因為在乎的人離開而失去安全感。可是，就像小說女主角為自己與過世的母親，只要重新找到彼此牽繫的詮釋，新的安全感也能再度油然而生，進而領悟必須離開沼澤般的戀情，開啟新生活。

唯有正視了心底的不安，才能取回我們對於命運的詮釋權。

07 單戀──戀戀真夏

●原收錄於《戀戀真夏》／二〇〇二年出版

〈戀戀真夏〉是一篇很標準的單戀故事。一個對於愛情仍懵懵懂懂的男孩，面對他心儀的女孩，一個人在內心小劇場裡上演許多幻想的戲碼。他從頭到尾踏不出告白的那一步，最後終究只能停在單戀的階段。在單戀情事的幻想同時，男主角其實也經歷了一段親情關係的幻想。對於遙遠的父母親，一廂情願的渴望，何嘗不是另一種單戀？單相思之中的成長與幻滅，是我寫〈戀戀真夏〉時想說的事。

不表白就不會被拒絕，很多人在青春歲月中，對一個人產生悸動時，或許都曾經有過這樣的想法。年輕的時候，我常覺得單戀是苦的，喜歡一個人就該告白，不讓對方知道你愛他，就沒有被愛的機會。然而，中年以後卻領悟，單戀有時也沒什麼不好。沒有承諾的壓力，也不會帶給不愛你的人困擾和負擔。他或許一輩子都不知道你愛他，可是，你想愛的時候就愛，不愛的時候就能離開。

我深信**真正的愛，是你對一個人好，不會在乎他知不知道，也不求回報**。但真正能做到的人又有多少？或許比較可能實現在一隻狗或貓。

08 死亡與新生——天地無用

●原收錄於《天地無用》／二〇〇七年出版

還未搬到東京之前，每一次到日本玩過以後，回台灣就會興起滿腔熱血，認真學日文。可是，經常學沒幾個月就舉白旗放棄。重蹈覆轍好多年，日文總是學得斷斷續續的，不見起色。因為半調子，在對日文一知半解的情況下，很容易會對許多辭彙望文生義，滋生自以為是的定義。有一陣子，特別著迷於這種中日文漢字的誤解及落差，以此為題寫了些故事。這篇〈天地無用〉就是這樣先有題目出現，於是才慢慢羅織出內容的小說。

雖然在其他篇小說裡也曾寫過死亡，但這應該是我第一次，真正最直接鎖定「死亡」和「新生」為議題，從頭貫穿到尾的故事。寫作當時，在我親近的家族成員裡尚未有人離世。多年後回首，經歷過父親的離開，這篇小說彷彿變成當時的心理準備，面對死亡的預演。

在你的成長歲月裡，是否曾懷疑過生命，活成怎麼樣才叫做有意義？**每一個人被帶來這個世界的本身，就已經是個意義。**在無法抗拒的死亡來到以前，只要**別鑄下太多遺憾，也別成為他人的遺憾，這一生無論經歷多少得失，都是不枉此行。**

09 真假——火餤

●原收錄於《帶著水母去流浪》／二〇〇〇年出版

〈火餤〉是一篇記載台灣社會新聞事件的小說。去評斷這樁事件，並不是這篇小說的用意，當時只是希望用虛構故事文體，紀錄也好揣想也好，記下這事件中可能存在的小人物。談的還是人與人之間的感情。

成長過程中，我們不斷經歷對人、對事，判定到底什麼是真是假吧？這故事的背景與現在的台灣社會，已經差得很多了。但其實我們依舊，甚至更嚴重地活在真偽難辨的世界。網路社群時代，真假變得更難捉摸。

世界上沒有絕對的真假。不要輕易去相信一件事，也不要輕易去人云亦云。在什麼都追求速度的年代，合理的懷疑，是我們該有的基本配備。

〈火餤〉當時拿下了三大報文學獎之中的中央日報小說首獎，讓我的名字有了很大的曝光。可是，這故事我二十年後再看，其實好陌生。現在的我寫不出，也不願再寫這麼蒼涼的故事了。

10 認同感——雨割特典

●二〇一九年全新發表・首次結集出書

想以「雨」為主題寫一篇故事，篇幅短短的小品文就好，於是有了〈雨割特典〉這則小說。這篇小說，是這本書裡的兩篇新作之一。

故事中兩個男生到底是什麼樣的情愫，沒有刻意寫清楚，可以解讀是同儕親密好友，也可以是互有好感的ＢＬ愛情萌芽。

有時候，感情最令人回味的階段，就是沒說清楚之際。像是欲雨又未雨的狀態。到底會不會下雨呢？就要愛了嗎？充滿猜測，充滿可能性。

成長歲月中，層級最高的青春關鍵字之一，就是「認同感」吧。從高矮胖瘦的身材、外貌、性格，再到愛情的模樣，多少人都曾活在希望被大眾認同的標準中，才覺得不是異類。可是，**如果我們和別人不同，那麼絕不是怪里怪氣，而是值得自豪的特色；一種使我們不無聊，與眾不同的特色。**

這世界其實並沒有存在所謂的標準。標準，只是某一群人訂出來的認可，我們並不需要去符合，其實更能活得瀟灑，並且獨特。

11 期待・希望——偷偷告訴你

●二〇一九年全新發表　首次結集出書

〈偷偷告訴你〉是這本書裡兩篇新作的另一篇，也是當這本書出書時，我最近的一篇短篇小說。東京晴空塔、台灣人與日本人的相遇、青春愛情小品、東日本大震災，因為想把這幾個元素給拼湊起來寫一個故事，於是誕生了這篇小說。

串起來勾勒情節和主角個性時，腦海中浮現出「期待」與「希望」的字眼。因此，這篇小說最終想傳遞的，是一種對未來生活的期待感。

悲傷的時候不必假裝開心，也不必急著想要開心。去找到一件令自己期待的小事就好。一頓美食或一場電影都好，**當我們知道去期待一件小事的到來，自然而然，就會不自覺地對生活重拾希望**。

有些朋友跟我說他們不愛晴空塔，仍愛東京鐵塔。可能因為有感情的緣故。你們也是嗎？不知道在讀完這篇小說後，會不會稍微對東京晴空塔也產生好感呢？可以偷偷告訴我。

代替說再見

一道青春必解的習題

作　　者　張維中
校　　稿　張維中、孫梓評、詹雅蘭
封面繪圖　徐世賢
封面設計　徐世賢
內文排版　黃雅藍
責任編輯　詹雅蘭

行銷企劃　郭其彬、王綬晨、邱紹溢、陳雅雯、王瑀
總 編 輯　葛雅茜
發 行 人　蘇拾平
出　　版　原點出版 Uni-Books
E m a i l　uni-books@andbooks.com.tw
電話：（02）2718-2001　傳真：（02）2718-1258
發　　行　大雁文化事業股份有限公司
台北市松山區復興北路333號11樓之4
www.andbooks.com.tw
24小時傳真服務（02）2718-1258
讀者服務信箱 Email: andbooks@andbooks.com.tw
劃撥帳號：19983379
戶名：大雁文化事業股份有限公司

一版一刷　2019年10月
I S B N　978-957-9072-55-7
定　　價　350元

國家圖書館出版品預行編目資料

代替說再見：一道青春必解的習題 / 張維中著. -- 一版.
-- 臺北市：原點出版：大雁文化發行, 2019.10
304面；14.8x21公分

ISBN 978-957-9072-55-7（平裝）

863.57　　108015522